Christian Gailus

Ghostfighter & Co.

Das Geheimnis von Gorrum

Christian Gailus,
sah seinen ersten Geist in einer mondlosen Nacht im Oktober. Bis dahin kannte Christian Geister nur aus Grusel- und Gespensterfilmen, die er für sein Leben gern schaut. Der Geist hatte sich verlaufen, er war irgendwo in den Äußeren Sphären falsch abgebogen. Christian lud den Geist erst mal zu Currywurst und Pommes ein (seine zweite große Leidenschaft) und zeigte ihm dann den Weg nach Hause. Zum Dank schenkte der Geist Christian einen Apparat, mit dem man die Präsenz von Geistern messen kann. Christian hat bis jetzt nicht herausfinden können, wie dieser Apparat funktioniert.

www.christian-gailus.de

Christian Gailus

Ghostfighter & Co.

Das Geheimnis von Gorrum

Mit Illustrationen von Benedikt Beck

Arena

Für Lotti

MIX
Papier aus verantwortungsvollen Quellen
FSC® C110508

1. Auflage 2015

Einband- und Innenillustration: Benedikt Beck
Covergestaltung: Benedikt Beck
Gesamtherstellung: Westermann Druck Zwickau GmbH
ISBN 978-3-401-60069-7

www.arena-verlag.de
Mitreden unter forum.arena-verlag.de
www.christian-gailus.de

Der Wind bläht die Segel. Der Bug pflügt durchs Meer. Zielstrebig bahnt sich der gewaltige Viermaster seinen Weg durch die Wogen. Der Himmel ist tiefschwarz, kein einziger Stern erhellt die Dunkelheit.

Peter Petersen steht am Besanmast und starrt in die Nacht. Nur noch wenige Kilometer trennen ihn und sein Schiff vom Hamburger Hafen. Er stopft ein Stück Priem zwischen die Zähne und beginnt zu kauen.

Das Schiff passiert Blankenese.

Entlang der Reling stehen Petersens Männer bereit. Bis an die Zähne bewaffnet dürsten sie nach Rache für die Schmach, die ihnen angetan wurde. Dass man sie eingesperrt hatte, war nicht genug gewesen. Man hatte sie beseitigen wollen, sie sollten aus der Erinnerung getilgt werden wie Unkraut, das man mit der Wurzel aus dem Boden reißt und verbrennt.

»Nicht mit uns!«, hatte Petersen geschworen. Und er hat Wort gehalten. Sie sind zurückgekommen. Und sie sind zorniger als der heftigste Sturm, der je über die sieben Weltmeere fegte.

Das Schiff passiert Teufelsbrück.

Da sieht Petersen ein Licht aufflackern. Kurz nur. Dann herrscht wieder Finsternis.

»Hast du das auch gesehn, Fritjof?«, fragt er seinen Steuermann.

»War vielleicht bloß die Laterne vom Röper«, antwortet der hagere Mann mit dem blassen Gesicht.

»Um diese Zeit?« Petersen spuckt den Priem auf die Planken und setzt das Fernrohr an sein gesundes Auge. »Könnte schwören, dass da was nicht stimmt. Mein totes Auge juckt wie verrückt.« Er sucht die nahe Küste ab. Da! Eine Bewegung an Land! Als hätte sich jemand vor seinem Blick versteckt.

»Da geht was vor sich«, murmelt Petersen und lässt das Fernrohr sinken. »Aber sie können doch unmöglich wissen, dass wir kommen.« Er sieht zu Fritjof. Der Steuermann ist kreidebleich. »Außer wir haben einen Verräter an Bord.«

Fritjof packt das Ruder fester. Doch er kann das Zittern seiner Hände nicht verbergen.

Petersen nimmt ihn ins Visier. »Willst du mir vielleicht was sagen, Fritjof?«

Da bricht es aus dem Steuermann heraus: »Petersen, versteh doch, all die unschuldigen Menschen, die Frauen und Kinder. Die können doch gar nichts dafür!«

»Was hast du getan«, brüllt Petersen und packt Fritjof am Kragen. Mit einem Ruck wuchtet er ihn so hoch, dass die Beine des armen Teufels in der Luft zappeln wie ein Fisch auf dem Trockenen. »Sag mir sofort, was du getan hast!«

Der Steuermann röchelt. »... eine Nachricht ... per Brieftaube ... ich musste ...«

Petersen hebt Fritjof über sich und befördert ihn mit einem Schrei über Bord.

Uuuuuuuaaaaaah ...

Im selben Augenblick flammt eine Feuerwand vor ihnen auf. Quer über die Elbe ist eine mit Teer getränkte Ankerkette gespannt. Das Schiff hält genau auf sie zu.

»Alle Mann auf Gefechtsstation!«, brüllt Petersen und packt das Ruder. Doch es ist zu spät: Vom Ufer her donnern schon die Kanonen und Dutzende Steinkugeln durchschlagen die Bordwände des Viermasters. Gleichzeitig eröffnen Hunderte Männer das Feuer mit ihren Gewehren. Noch bevor Petersens Leute auf den Angriff reagieren können, kracht das Schiff in die Ankerkette, bleibt mit einem Ruck stehen und beginnt zu sinken.

Petersen steht starr am Ruder, die Hände in das Holz gekrallt. In seinem gesunden Auge spiegelt sich der tanzende Schein der lodernden Flammen wider.

»Das werdet ihr mir büßen«, zischt er. »Das werdet ihr mir alle büßen!« Dann verschlingen ihn die brennenden Fluten.

Und hier ist unser Hauptquartier«, ruft Charlie und breitet die Arme aus, als wolle er sagen: Ist das nicht der absolut irre Super-Wahnsinn?

Franziska scheint weniger begeistert. »Eine alte Autowerkstatt?«, fragt sie und rümpft die Nase.

»Okay, im Moment ist es noch ein bisschen unordentlich«, pflichtet Charlie ihr bei und kickt eine leere Öldose zur Seite. »Aber wenn wir erst mal ausgeräumt und uns eingerichtet haben, ist das hier eine hypermoderne und megacoole Einsatzzentrale für die Geisterjagd: SpukNix-Castle!«

»Ach ja, Geisterjagd, hatte ich ganz vergessen«, sagt Franziska gedehnt und schreibt mit einem extrem kurzen und unappetitlich angeknabberten Bleistift etwas auf ihren Spiralblock. »Wie seid ihr denn darauf gekommen? Wer hatte die Idee?«

»Anton«, sagt Charlie ohne Zögern. »Er hat mal mit einem ein bisschen gequatscht und festgestellt, dass viele von den Typen 'ne Macke haben. Und das kann dann echt gefährlich werden.«

Franziska zieht die Stirn kraus. »Mit wem hat Anton geredet? Mit einem Geist?«

Charlie nickt. »Und zwar mit einem von der üblen Sorte. Der Kerl war pechschwarz und hatte funkelnde rote Augen. Sein Mantel war von Motten zerfressen und statt Nägeln wuchsen ihm lange Krallen aus den Fingern. In seinen Haaren wimmelte es von Würmern und aus seinem Mund hörte man die Schreie von denen, die er erschreckt hatte. Er stank nach verfaultem Fleisch und führte ein Hundeskelett an einer Leine herum. Also, der Typ war echt nicht gerade jemand, den man gerne zum Tee einlädt, wenn du verstehst, was ich meine.« Charlie zieht die Brauen hoch. Franziska seufzt und macht sich ein paar Notizen.

»Und worum ging's in dem Gespräch?«, fragt sie leicht gelangweilt.

Charlie winkt ab. »Irgendwas mit Materie, Energie und Lichtgeschwindigkeit. Jedenfalls hat Anton da kapiert, dass es offenbar solche und solche Geister gibt. Welche, die einfach nur ihren Kram machen wollen und niemandem auf die Nerven gehen, und solche, die Spaß daran haben, Leute zu erschrecken – und dabei kann echt viel passieren.«

»Was denn passieren?«, fragt Franziska.

»Menschen können sich zu Tode erschrecken.«

Franziska schüttelt den Kopf. »Hab ich noch nie gelesen, dass so was funktioniert.«

»Dann liest du vielleicht die falschen Bücher«, sagt Charlie und grinst wissend. »Jedenfalls hat sich Anton dann Benno dazugeholt, weil er ja schlecht alleine auf Geisterjagd gehen kann. Benno hat diesen Elektrofimmel und lötet dauernd irgendwas zusammen. Und da hat sich Anton gedacht, dass Benno eine prima Ergänzung wäre, um den Typen ordentlich Dampf zu machen.«

»Du sprichst von Geistern?«, fragt Franziska.

Charlie nickt. »Allerdings hatten die beiden ein Problem. Sie sind – wie soll ich sagen – Theroretiker.«

»Du meinst: Theoretiker«, verbessert ihn Franziska.

»Genau. Theroretisch wollen sie die Biester aus dem Verkehr ziehen. Aber praktisch haben sie es nicht so drauf. Im Gegensatz zu mir. Ich kann dir das Portemonnaie aus der Tasche ziehen, ohne dass du was merkst. Ich krabbel dir die Schulmauer hoch und steig durchs Fenster ein. Und mit 'ner aufgebogenen Büroklammer mach ich dir jedes Schloss auf. Absolut kein Problem.«

»Du hast also viel kriminelle Energie«, stellt Franziska, ohne mit der Wimper zu zucken, fest. »Bist du deshalb sitzen geblieben?«

Charlies Mundwinkel sinken nach unten. »Die Ehrenrunde ist ein Glück, denn dadurch bin ich in Bennos Klasse gekommen und zu ihm und Anton gestoßen.«

Franziska verstaut Bleistiftstumpf und Spiralblock in ihrer Tasche. »Also mein Vater sagt, es gibt keine Geister.«

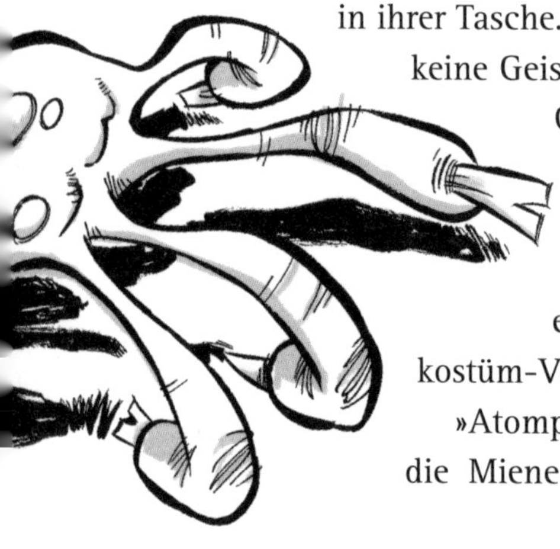

Charlie schiebt sein Baseballcap in den Nacken. »Dann hat dein Vater vielleicht einfach keine Ahnung! Was ist er denn von Beruf? Karnevalskostüm-Verleiher?«

»Atomphysiker«, gibt Franziska, ohne die Miene zu verziehen, zurück. »Und meine Mutter ist Quantenmechanikerin. Mein Onkel arbeitet als Astronom am Mount-Palomar-Observatorium in San Diego und meine Tante ist Chefingenieurin bei der Europäischen Weltraumagentur ESA. Keiner von ihnen glaubt an Geister. Keiner!«

Sie wendet sich zum Gehen. »Also dann ...«

»Wie? Das ist alles?«, fragt Charlie erstaunt.

Franziska zuckt mit den Achseln. »Was hast du denn erwartet?«

»Ein Interview«, sagt Charlie. »Ein Porträt unserer Truppe. Eine farbige Doppelseite mit Hochglanzfotos!«

Franziska seufzt. »Niemand glaubt heute mehr an Geister. Nur Trottel und Idioten tun das! Deshalb ist eure Idee nicht nur völlig überflüssig, sondern auch total meschugge!« Sie wirft Charlie einen mitleidigen Blick zu. »Aber da ihr auf unsere Schule geht und ich Chefredakteurin der Schülerzeitung bin, muss ich wohl auch über diesen Quatsch berichten. Nicht, dass man mir später vorwirft, ich hätte Informationen verheimlicht.«

»Du musst über uns berichten. Es ist wichtig!«, sagt Charlie mit großem Ernst. »Wir sind ziemlich hundertprozentig die Einzigen, die sich um diese Viecher kümmern. Und genau das ist es doch, was sie wollen: dass man glaubt, sie seien nur Hirngespinste. Damit sie in Ruhe ihren Geschäften nachgehen können.«

Franziska zückt noch einmal den Spiralblock. »Was sind denn das für Geschäfte?«

Charlie senkt den Blick. »Dunkle«, flüstert er.

»Geht das auch ein bisschen präziser?« Franziska hält sich gähnend die Hand vor den Mund.

Charlie winkt ab. »Sorry, darf ich nicht drüber quatschen. Betriebsgeheimnis!«

»Du hast mir eine Allererste-Sahne-Geschichte versprochen«, sagt Franziska mit leicht säuerlicher Stimme. »Und was ich zu hören kriege, ist Quatsch mit Soße.« Sie schüttelt den Kopf. »Habt ihr wenigstens einen coolen Namen?«

»Oh ja«, sagt Charlie und grinst.

Und grinst.

Und grinst.

Denn natürlich haben sie noch keinen Namen. Sie sind ja noch nicht mal richtig eingezogen in die alte Autowerkstatt.

»Und der lautet wie?«, fragt Franziska ungeduldig.

»Spuk lass nach!«, platzt es aus Charlie heraus; es ist das Erste, was nach einer langen Zeit der Finsternis in seinem Kopf aufblitzt.

Franziska runzelt die Stirn. »Spuk lass nach?«

Charlie nickt. »Und wir heißen nicht nur so, das ist auch unser Motto!« Freundschaftlich legt er dem Mädchen die Hand auf die Schulter. »Und das kann ich dir flüstern: Die Viecher hassen den Namen!«

2

Eine Stunde später beginnen die drei Ghostfighter, ihr neues Büro einzurichten.

»Und?«, fragt Benno und stellt den Umzugskarton ab. »Wie ist es gelaufen?« Mit dem Jackenärmel wischt er sich den Schweiß von der Stirn.

»Super«, sagt Charlie und lehnt sich lässig gegen die Hebebühne mit dem alten Citroën. »Wir kriegen ’ne Doppelseite in Farbe. Plus Interview!«

»Echt wahr?«, fragt Anton und müht sich mit einem Tapeziertisch ab. »Hätte ich nicht mit gerechnet, schließlich ist Franziskas Vater Atomphysiker.«

»Und ihre Tante arbeitet bei der ESA«, fügt Benno hinzu und hebt einen Computer aus dem Karton. »Solche Familien sind eigentlich immun gegen alles, was mit Übernatürlichem zu tun hat.«

Anton klappt den Tapeziertisch aus und fixiert das Beingestell. »Umso besser. Das verleiht uns zusätzliche Autorität!«

»Auto-was?«, fragt Charlie.

»Autorität«, wiederholt Anton und überlegt, wie er den unhandlichen Tisch aufstellen soll. »Man nimmt uns ab, dass wir was von der Sache verstehen.« Er wirft Charlie einen Blick zu. »Könntest du mal eben ...«

»Klar!«, sagt Charlie und ruft: »Benno!«

Benno hebt den Blick. Charlie nickt Richtung Anton und Benno verdreht die Augen. Dann hilft er Anton, den Tisch aufzustellen.

Charlie greift in seine Tasche. »Apropos Auto«, sagt er und zieht ein Jo-Jo hervor. »Wie sollen wir eigentlich den ganzen Kram rauskriegen?« Nachlässig deutet er Richtung Schrotthaufen, der sich in einer Ecke türmt: alte Reifenberge verrotten neben zerbeulten Kotflügeln, dicke Kabelstränge ragen aus meterhohen Öldosenhügeln, eine Scheinwerferpyramide thront auf einem ausgebauten Automotor.

»Lassen wir alles machen«, sagt Benno und widmet sich wieder seinem Computer. »Bei der tollen Presse rennen uns die Leute bald die Bude ein! Dann können wir uns locker einen Großreinemachtrupp leisten, der das hier tipptopp in Ordnung bringt.«

»Jetzt bauen wir erst mal Computer und Telefonanlage auf«, sagt Anton. »Denn ohne Telekommunikation keine Aufträge. Super, dass dein Vater uns seinen alten PC spendiert hat, Benno.«

»Wir kriegen auch noch anderes Material«, sagt Benno. »Reagenzgläser, Bunsenbrenner – vielleicht sogar ein Mikroskop. Beim Umzug des Labors wird 'ne Menge ausrangiert. Da fällt einiges für uns ab.«

»Unser Glück, dass dein Vater Chemiker ist«, sagt Anton. »Charlie!«

»Äh, ja?«

»Willst du nicht auch mal was machen? Zusammen geht's schneller.«

Charlie stoppt das Jo-Jo. »Aber prontomente!«, ruft er aus. »Ohne mich kriegt ihr ja eh nix gebacken.«

Anton und Benno wechseln einen langen Blick.

Charlie verstaut das Jo-Jo in der Tasche und klatscht in die Hände. »Dann lasst mal den Meister ran.« Unschlüssig sieht er sich um. »Am besten, ich ... äh ... hol mal meine Sachen. Sind draußen im Fahrradhänger. Bin gleich wieder da.«

3

Der Geist huscht durchs Schlüsselloch auf den Flur und sieht sich um. Gestern hat er Wohnzimmer und Küche durchsucht. Heute ist das Arbeitszimmer dran. Zum Glück muss er dafür nicht an diesem schaurigen Eber vorbei!

Er schwebt um die Ecke ...

... und starrt in zwei glühende Augen!

Erschrocken weicht er zurück. *Ruhig bleiben,* ermahnt er sich. *Ist wahrscheinlich nur wieder dieser Kater. Aber der macht sich ja zum Glück vom Acker, sobald ich meine Show abziehe.* Also breitet er die Arme aus, schwebt knapp unterhalb der Decke weiter ins Arbeitszimmer und macht

HUHuHuhuh.

Der Kater faucht und sträubt das Fell. Dann springt er von der Anrichte und verschwindet hastig Richtung Flur. Der Geist kichert zufrieden und sieht sich um. An zwei Wänden stehen bis unter die Decke reichende Regale, die unter der Last von zahllosen Büchern und Ordnern ächzen. Die dritte Wand nimmt eine lange Anrichte in Beschlag: der Insektenschrank. Der Geist hatte schon mal einen flüchtigen Blick in eine der zahllosen Schubladen geworfen: lauter tote Falter, Käfer und Spinnen. Nicht das, was er sucht.

Unter dem großen Kronleuchter in der Mitte des Raumes steht ein mächtiger Tisch. Seine schweren, handgeschnitzten Beine ruhen auf dem dunklen Parkett wie die Pranken eines Löwen.

Wo kann sie ihn nur versteckt haben? Irgendwo muss er doch sein!

Der Geist sieht sich um ...

... als er ein Geräusch hört, gleich hinter sich.

Na warte, Mieze, dir werde ich zeigen, was passiert, wenn man mich bei der Arbeit stört.

Und mit der fürchterlichsten Fratze, die er machen kann, wendet er sich um ...

BLITZ!

Strom ist da!«, ruft Anton.

»Ich starte den PC«, sagt Benno und drückt den Knopf am schwarzen Tower. Ein Lämpchen leuchtet auf, dann setzt sich die Festplatte in Bewegung und die CPU beginnt zu rattern.

»Läuft!«, ruft Benno und reibt sich die Hände. »Jetzt kann's losgehn.«

Anton sieht zu Charlie hinauf, der auf einer Leiter steht und an irgendetwas herumfrickelt.

»Was macht die Beleuchtung?«, fragt er.

»Gerade fertig!«, meldet Charlie. »Mach mal an!«

Anton betätigt den Schalter an der Wand und ein Scheinwerfer wirft sein Licht auf eine spiegelnde Kugel, die sich langsam dreht. Leuchtende Punkte durchzucken die Halle.

»Na, Jungs? Ist das cool oder ist das cool?«, ruft Charlie und rutscht die Aluminiumleiter herunter.

»Was ist das?«, fragt Anton entgeistert.

»Meine Discokugel«, sagt Charlie grinsend. »Ist doch viel cooler als so 'ne öde Neonfunzel. Hey, Benno, haste nich 'n bisschen coole Mucke aufm Compi?«

»Wir sind nicht zum Partymachen hier, sondern zum Arbeiten«, sagt Anton und schaltet die Discobeleuchtung ab.

»Hey, was soll denn das?«, meckert Charlie. Aber Anton und Benno widmen sich schon wieder dem PC.

»Wir brauchen einen Eintrag im Telefonverzeichnis«, sagt Anton. »Sonst findet uns niemand. Einen Namen. Er muss einfach sein und leicht zu merken. Und natürlich muss er was mit Geistern zu tun haben. Damit man weiß, worum es geht.«

Spuk lass nach!, ist Charlies erster Gedanke. Er holt tief Luft und ...

»Fünf Freunde!«, ruft Benno aus.

»Gibt's schon«, sagt Anton. »Außerdem sind wir nicht fünf, sondern drei. Und komm mir jetzt bloß nicht mit den drei Fragezeichen!«

Benno knetet sein Kinn. »Wie wär's mit Zwischenweltwesenfang?«

Anton schüttelt den Kopf. »Zu kompliziert.«

»Geister-und-Gespenster-Beseitigungsdienst?«

»Zu lang.«

»Wie wär's mit *Spuk lass nach*«, schlägt Charlie grinsend vor.

Anton sieht ihn an, als habe er extrem hohes Fieber.

»Vielleicht besser was Englisches? Das wär irgendwie cooler«, meint Benno.

Anton nickt.

»Wie wär's mit Ghostfighter?«, fragt Benno. »Dann ist jedem klar, dass es bei uns richtig zur Sache geht und wir mit jeder Art Geist klarkommen.«

Anton klatscht in die Hände. »Das ist es! Damit sind wir im Geschäft!«

Benno bearbeitet die Computertastatur.

Wieso das besser sein soll als *Spuk lass nach!*, kann Charlie nicht verstehen. Aber er ist mit seinen Gedanken auch schon woanders. Heimlich schickt er eine SMS von seinem Smartphone ab.

Benno tippt die Telefonnummer in die Suchmaske ein und drückt ENTER.

»Fertig!«, sagt er und das Smartphone auf dem Tisch beginnt zu rappen.

Ja, haste nicht gesehn,
da gibt's nix zu verstehn,
ich wollte mit dir gehn,
doch du lässt mich einfach stehn ...

»Wie kann das sein?«, fragt Anton. »Die Karte ist nagelneu. Niemand außer uns kennt diese Nummer.«

Benno zuckt mit den Achseln. »Vielleicht ist es ein automatischer Testanruf, wenn man sich ins Telefonverzeichnis eingetragen hat. Geh doch mal ran!«

»Geh du doch ran!«

Benno brummt und hebt das Smartphone ans Ohr.

»Hallo?«, fragt er und schaut erwartungsvoll.

»Hallo?«, fragt eine Stimme zurück.

»Ja, wer ist denn da?«, fragt Benno.

»Ja, wer ist denn da?«, gibt die Stimme zurück.

»Und? Wer isses?«, fragt Anton leise.

»Keine Ahnung«, sagt Benno.

»Keine Ahnung«, wiederholt die Stimme und legt auf.

Benno legt das Smartphone zurück auf den Tisch. »Hat sich vielleicht verwählt.«

Charlie kichert.

»Und ich dachte schon, das ist unser erster Auftrag«, seufzt Anton.

... und so stehe ich herum
und mein Rücken wird schon krumm
und ich frage mich, warum
bleibst du immer weiter stumm ...

Benno schnappt sich erneut das Smartphone.

»Hallo?«, fragt er aufgeregt. »Wer ist denn da?«

»Ja, wer ist denn da?«

»Hier ist Benno. Und wer sind Sie?«

»Ich bin ich«, sagt die Stimme und legt auf.

Charlie prustet.

»Is' was?«, fragt Benno.

»Hab mich nur verschluckt«, erklärt Charlie glucksend.

»Vielleicht liegt's ja daran, dass du dich nicht richtig meldest«, überlegt Anton. »So, wie wir im Telefonverzeichnis stehen.«

... irgendwann wird's mir zu bunt
und ich kaufe mir 'nen Hund,
denn der bellt nicht ohne Grund,
und spaziern gehn ist gesund.

Diesmal nimmt Anton das Smartphone. »Ghostfighter & Co.«, meldet er sich mit fester Stimme. »Hier spricht Anton Schachelheim. Was kann ich für Sie tun?«

»Hier ist der Geist der Toten, die Seele der Verstorbe-

nen«, sagt die Stimme und Anton hört Papier rascheln. »Ihr seid … äh, Feiglinge und macht euch vor Angst in die Dosen … äh, Hosen. Und wenn es dunkel wird, zieht ihr euch die Hecke übern Kopf.«

»Decke«, sagt Anton.

»Äh, was?«, fragt die Stimme. »Ach so, ja, Decke. Meinte ich auch.« Räuspern. Papierrascheln. »Also, wenn ihr an mir zweifelt, dann lasst euch eines Besseren belehren und kommt um Mitternacht zum alten Friedhof. Dort werde ich euch zeigen, was es heißt, einen Geist herauszufordern!«

»War's das?«, fragt Anton.

»Moment, hier steht noch … äh, dreckig lachen. Ach so, äh: Hahaha!«

Dann wird die Leitung unterbrochen.

Anton legt das Smartphone auf den Tisch und sieht böse zu Charlie, der sich nicht mehr beherrschen kann.

»Okay, okay, ich geb's zu«, sagt er lachend. »Das war ich. Also ich meine, ich hab das geschrieben. Und dann Tommie gegeben. Der hat angerufen. War doch witzig, oder?«

»Unglaublich witzig«, sagt Anton, ohne die Miene zu verziehen.

»Fast so witzig wie die Nummer mit dem Heiligen Geist«, merkt Benno an.

»Die kenn ich ja noch gar nicht«, sagt Anton.

»Das war, kurz nachdem Charlie in meine Klasse gekommen ist«, berichtet Benno. »Immer, wenn wir Englisch bei Frau Holtmann hatten, hat sich eine unheimliche Stimme gemeldet und *Holtmann, sis is se Honigost* gemurmelt. Das hat die arme Frau fast wahnsinnig gemacht. Sie hat nämlich *Holy Ghost* verstanden und dachte, sie hat was Schlimmes gemacht und kommt nicht in den Himmel, wenn sie mal tot ist. Der Hausmeister hat dann so ’n altes Diktiergerät mit einer Kassette im Lehrerpult gefunden. Und darauf war die Stimme. Dreimal darfst du raten, wem sie gehörte.«

»War doch ’ne coole Nummer«, sagt Charlie stolz.

Benno nickt. »Besonders, als sie rausbekommen haben, dass du es warst.« Zu Anton sagt er: »Statt *Holy Ghost* hat Charlie in einer Klassenarbeit *Honig Ost* geschrieben. Da wussten sie sofort, wer dahintersteckt.« Mitleidig sieht er zu Charlie. »Das gab vielleicht einen Ärger ...«

Aber nur mit dicker Jacke,
denn sonst geht’s mir richtig ...

Charlie nimmt das Smartphone.

»He, Alter, kannst aufhörn. Die Sache ist durch.«

»Was ist durch?«, fragt eine ältliche Stimme.

»Äh ... Tommie?«

»Ich heiße nicht Tommie«, sagt die Stimme erbost. »Und wie kommen Sie dazu, mich *Alter* zu nennen?«

Charlie zuckt zurück. »Ich ... äh, wer sind Sie denn? Ich meine, wen wollten Sie sprechen?«

»Hier ist Kraft. Agatha Kraft«, sagt die Stimme. »Und ich möchte mit den Ghostfightern sprechen. Habe ich mich verwählt?«

»Nein, nein, Sie sind goldrichtig«, sagt Charlie rasch. »Ich bin Charlie Kellermann. Worum geht's denn?«

»Bei mir spukt's!«, sagt Frau Kraft. »Ich habe auch schon die Polizei angerufen. Aber die haben gesagt, ich soll mir eine Katze zulegen, damit ich nicht so einsam bin. Dabei hab ich doch Herrn Schmidt!«

»Ihr Mann?«

»Mein Kater.«

Charlie kräuselt die Stirn. »Können Sie das etwas genauer erklären?«, fragt er. »Was genau meinen Sie damit, dass es bei Ihnen spukt?«

Frau Kraft räuspert sich. »Es fing damit an, dass nachts die Dielen im Flur knarrten. Und dann wehte ein kühler Luftstrom über mein Gesicht.«

Charlie entspannt sich wieder. »Und haben Sie mal daran gedacht, die Fenster zu schließen?«

»Jetzt hören Sie mir mal zu, junger Mann«, faucht Frau Kraft und ihre Stimme klingt scharf wie eine Rasierklinge. »Ich bin vielleicht alt, aber noch lange nicht blöd. Ich habe gesagt, mit einem Luftzug fing es an. Mittlerweile stellt dieser freche Geist meine ganze Wohnung auf den Kopf, durchwühlt Schränke und Schubladen und zerdeppert meine Einrichtung. Und ich weiß hundertprozentig, dass es ein Geist ist, weil ich ihn gesehen habe. Gesehen und fotografiert. Ich habe das Foto vor mir. Und eins kann ich Ihnen versichern: Herr Schmidt ist das nicht!«

Charlie schluckt. »Geben Sie mir Ihre Adresse. Wir sind unterwegs!«

5

Fünfzehn Minuten später wird den Ghostfightern die schwere Holztür einer Altbauwohnung geöffnet. Frau Kraft wirkt allerdings alles andere als kräftig. Sie ist eine zierliche alte Dame, hat aber einen energischen Ausdruck im Gesicht. »Ja, bitte?«, fragt sie und schaut die drei Jungs erwartungsvoll an.

Charlie ergreift das Wort: »Guten Tag, wir sind die Ghostfighter. Wir hatten telefoniert.«

Frau Kraft hebt zweifelnd die Augenbrauen. »Ihr drei wollt Geister fangen? Soll das ein Witz sein?« Sie schüttelt den Kopf. »Ich habe mit einer professionellen Firma gerechnet. Nicht mit drei Jungs vom Bolzplatz.«

Charlie wirft seinen Freunden einen verdutzten Blick zu. Mit so einer Begrüßung hat er nicht gerechnet. Anton ergreift schnell das Wort: »Frau Kraft, ich kann Ihnen versichern, dass wir hochprofessionell vorgehen werden. Und wir haben eine erstklassige Ausrüstung dabei. Sie finden in der ganzen Stadt kein besseres Team für die Geisterjagd als uns.« Mit Nachdruck schaut Anton der alten Dame in die wasserblauen Augen.

»Na ja, ihr seid ja wohl auch die Einzigen in Hamburg,

die sich um so etwas kümmern. Im Telefonbuch steht jedenfalls niemand anderes.« Immer noch zögernd schiebt Frau Kraft die Tür auf und tritt zur Seite. »Wenn ich endlich wieder meine Ruhe haben will, bleibt mir wohl nichts anderes übrig. Dann versucht mal euer Glück.«

Entschlossen betreten die Ghostfighter Frau Krafts Wohnung und folgen der alten Dame über einen langen Flur zum Wohnzimmer. Staunend schauen sie sich um: Frau Krafts Zimmer gleichen mehr einem Museum als einer Privatwohnung. Allerdings einem Museum für merkwürdige Gestalten und schaurige Wesen. An den Wänden hängen mächtige Bilder in finsteren Farben. Auf einem ist ein Seeungeheuer zu sehen, das ein Walfangboot in die Tiefe zerrt. Auf einem anderen ist ein grinsender Mann mit Ziegenbart und zwei Hörnern abgebildet. Unter der stuckverzierten Decke baumelt ein schwerer Leuchter und auf mehreren Podesten stehen ausgestopfte Tiere, von denen selbst Anton viele noch unbekannt sind.

»Macht es euch bequem«, sagt Frau Kraft, als sie das Wohnzimmer erreichen. Sie klingt jetzt schon etwas freundlicher. »Etwas Tee?«

Die Jungs nehmen am großen Tisch Platz und lassen ehrfürchtig die Blicke schweifen. Der Raum ist riesig und vollgestopft mit Büchern, Ordnern und Karten.

»Wo haben Sie all diese interessanten Sachen her?«, fragt Anton. »Haben Sie die alle selber gesammelt?«

»Teilweise«, antwortet Frau Kraft und lässt sich mit einem tiefen Seufzer in einen mächtigen Sessel nieder. »Vieles habe ich gefunden, als ich noch als Biologin im Dschungel von Sulawesi unterwegs war. Einiges haben mir auch die

Ureinwohner geschenkt. Den Hirscheber habe ich selbst erlegt.«

Benno zieht die Stirn in Falten. »Hirscheber?«

»Draußen im Flur«, sagt Frau Kraft und weist mit ihrer Tasse Richtung Tür. »Hat eines nachts in unserem Lager herumgeschnüffelt und sich an den Vorräten zu schaffen gemacht. Dann wollte er auf Quakenbrück los. Da blieb mir nichts anderes übrig, als ihn zu erlegen. Am nächsten Morgen habe ich ihn dann ausgestopft.«

»Sie haben ihn ... ausgestopft?« Benno schluckt.

»Na sicher«, sagt Frau Kraft und schenkt Benno ein Lächeln. »Nachdem ich ihn ausgeweidet hatte. Mit dem Kris-Dolch da.« Sie zeigt zu einem Dolch mit geschwungener Schneide, der an der Wand hängt.

Charlie verschluckt sich an seinem Tee und beginnt zu husten. Benno wirft der alten Frau einen bewundernden Blick zu. Plötzlich wirkt sie gar nicht mehr so zierlich und klein, sondern eher drahtig und zäh.

Anton hingegen scheint die Bemerkung gar nicht gehört zu haben.

»Sagten Sie Quakenbrück?«, fragt er nachdenklich. »Etwa Professor Diogenes Quakenbrück?«

Frau Kraft nickt. »Genau der.«

»Wer ist das?«, fragt Charlie und streichelt das Fell der ausgestopften Katze neben sich.

»Quakenbrück war Archäologe«, erklärt Anton. »Er suchte nach dem legendären Gorrum – bis er eines Tages spurlos verschwand.«

»Im Dschungel von Sulawesi«, fügt Frau Kraft hinzu.

»Gorrum?« Benno versteht nur noch Bahnhof.

»Ein geheimnisvoller Ort mit magischen Kräften«, erklärt Anton. »Unermessliche Schätze sollen dort liegen, Gold, Platin, Edelsteine. Es wird gesagt, dass derjenige, der Gorrum findet, der reichste Mensch der Welt wird!«

Schlagartig werden Charlies Augen größer.

»Aber die Legende sagt auch, dass Gorrum von hundert rastlosen Seelen bewacht wird, die das Geheimnis des Ortes hüten wie ihr ewiges Leben«, fährt Anton fort. Er beugt sich vor und sein Blick verfinstert sich. »Und das soll der wahre Grund sein, warum es noch niemandem gelungen ist, Gorrum zu finden: weil die rastlosen Seelen keinen mehr fortlassen, der dem Ort zu nahe kommt.«

Totenstille breitet sich im Wohnzimmer aus.

CHCHCHCH...

Charlie zuckt zusammen! Die ausgestopfte Katze neben ihm springt vom Schemel und macht sich fauchend aus dem Staub.

»Quakenbrück war dem Geheimnis auf der Spur«, berichtet Frau Kraft weiter. »Er hatte konkrete Hinweise. Doch dann verschwand er spurlos. Und wurde nie wiedergesehen.«

»Haben Sie denn nicht nach ihm gesucht?«, fragt Benno.

»Doch, natürlich. Sehr lange sogar. Und auch an den Orten, an die sich selbst die Ureinwohner Sulawesis nicht trauten, weil sie dort Geister und Dämonen vermuteten.« Sie winkt die Jungen näher zu sich heran. Anton, Benno und Charlie beugen sich vor.

»Aber ich habe nichts gefunden. Rein gar nichts. Nur manchmal nachts, wenn ich auf dem feuchten Boden des

Urwalds lag und in den sternenübersäten Himmel blickte, meinte ich, ein tiefes Seufzen zu hören, weit entfernt. War das Quakenbrück? Der irgendwo dort draußen lag? Verborgen im unbezwingbaren Dschungel? Und auf Rettung hoffte?« Frau Krafts Stimme wird noch leiser. »In diesen Momenten war ich davon überzeugt, dass er Gorrum gefunden hatte. Und ihn die verlorenen Seelen nun nicht mehr fortließen.«

Gebannt starren die drei Ghostfighter Frau Kraft an, in deren hellblauen Augen Feuchtigkeit glänzt. Es ist so still, dass man einen Floh husten hören könnte.

»Genug davon!«, sagt die alte Dame plötzlich wieder sehr energisch. »Ich habe keine Ghostfighter gerufen, um alte Geschichten aufzuwärmen. Sondern weil ich einen Geist im Haus habe. Und der geht mir gehörig auf die Nerven. Wie wollt ihr ihn mir vom Hals schaffen?«

Anton ist noch ganz benommen von der unheimlichen Erzählung. Er räuspert sich. »Sie sagten, Sie haben ihn fotografiert?«

Frau Kraft zieht ein Polaroidfoto hervor und reicht es Anton. Benno und Charlie rücken näher an ihn heran und betrachten die flüchtige Abbildung. Sie zeigt eine Lichtgestalt mit verschwommenen Konturen – wie ein Tuschebild, bei dem mit zu viel Wasser gearbeitet wurde. Die Arme des Geistes sind erhoben, seine Haltung ist bedrohlich. Doch sein Blick wirkt verwirrt, als hätte man ihn überrascht.

6

Benno hockt neben dem Hirscheber, die Nase nur Zentimeter vom Boden entfernt, und starrt auf ein kleines braunes Klümpchen zwischen den Flurdielen.

»Ich hab was gefunden!«, ruft er.

Anton und Charlie kommen angerannt.

»Was ist es?«, fragt Anton neugierig.

»Bin mir nicht ganz sicher. Könnte aber Glitamin sein.« Benno kneift die Augen zusammen. »Es ist braun, rund und sieht klebrig aus. Pinzette?«

Charlie nimmt eine Pinzette aus dem Materialkoffer und reicht sie Benno. »Äh, was is 'n Glitamin noch mal genau?«

»Glitamin ist die Ruhe-Substanz von Geistern«, erklärt Anton.

»Geister bestehen ja eigentlich zu hundert Prozent aus Energie«, fügt Benno hinzu und versucht, den kleinen braunen Klumpen vorsichtig herauszukratzen. »Und nach Einstein ist Energie nichts anderes als beschleunigte Materie. Geister bestehen also nur deshalb nicht aus Materie, weil sich jedes einzelne Teil, aus dem sie bestehen, in Wirklichkeit unglaublich schnell bewegt.«

»Deshalb sehen sie auch so unscharf aus«, fügt Anton

hinzu. »Nur wenn sie sich ausruhen, hinterlassen sie kleine Materiemengen: Glitamin.«

»Und das bedeutet – was?«, fragt Charlie.

»Das bedeutet, dass wir es mit einem echten Geist zu tun haben«, erklärt Anton. »Und nicht mit Einbildung oder überspannter Fantasie.«

»Hab ihn!«, sagt Benno und richtet sich auf, in der Hand die Pinzette mit dem braunen Klümpchen.

»Darf ich mal sehen?«, fragt Anton, aber Charlie mogelt sich zwischen ihn und Benno.

»Lass mich mal ran!«, sagt er und pflückt Benno die Pinzette aus der Hand. Er betrachtet das Klümpchen eingehend. Dann sagt er: »Popel.«

»Was?«, fragt Benno ungläubig.

»Das is 'n Popel«, sagt Charlie. »Ziemlich hundertprozentig. Und zwar aus der Nase von dem da.« Er zeigt auf den Hirscheber neben sich. »Hat die Kraft beim Ausstopfen vermutlich in der Nase gelassen und ist dem Vieh beim Aufstellen rausgeplumpst. Und dann hat er sich zwischen den Dielen festgesetzt.«

»Woher willst du das wissen?«, fragt Benno empört. »Wo du nicht mal weißt, was Glitamin ist?«

»Weil ich einen Popel erkenne, wenn ich einen sehe«, sagt Charlie. »Wenn ihr wollt, kann ich euch gerne zum Vergleich ...« Sein Finger wandert zur Nase.

»Charlie!« Anton verzieht angewidert den Mund.

»Jungs! Schnell! Kommt her!«

»Frau Kraft!«

Anton, Benno und Charlie rennen zur Küche. Frau Kraft steht vor einem der Hängeschränke und starrt zu Boden.

»Das ist aus dem Schrank gerieselt, als ich ihn geöffnet habe«, sagt sie. »Vorher war das noch nicht da!«

Anton wirft sich auf alle viere und betrachtet den Haufen hellgrüner Körner.

»Sand«, sagt er. »Benno: Reagenzglas!«

Hastig öffnet Benno wieder den Materialkoffer und zieht ein Reagenzglas hervor. Mittlerweile hat Anton sein Taschenmesser gezückt und schaufelt mit der Spitze den Sand vom Boden. Mit großer Präzision lässt er ihn in das Reagenzglas rieseln.

»Das ist kein normaler Sand«, murmelt er. »Sondern lumineszierender.« Er rappelt sich vom Boden auf. »Benno!«

Benno betätigt den Lichtschalter und die Küche wird in Dunkel getaucht. Nur ein heller Schein leuchtet in der Finsternis: der Sand im Reagenzglas.

Wir müssen uns trennen«, sagt Anton, als sich die drei Freunde vor dem Haus von Frau Kraft am Fahrradständer beratschlagen.

»Schon?«, fragt Charlie mit traurigen Augen. »Nach nur einem Fall?« Er kichert.

»Ich meine aufteilen«, sagt Anton und öffnet das Schloss seines Rads. »Wir haben verschiedene Dinge zu erledigen. Zuerst müssen wir den Sand analysieren. Damit wir wissen, mit welcher Art Geist wir es in diesem Fall zu tun haben.«

»Könnte schwierig werden«, gibt Benno zu bedenken. »Zur exakten Bestimmung bräuchten wir entweder einen richtigen Sandexperten oder Proben sämtlicher Wüsten der Welt.«

»Vielleicht gibt es noch eine andere Möglichkeit«, murmelt Anton. »Charlie, kennst du *Ottmars Bücher-Antiquariat* in der Goebenstraße?«

Charlie schüttelt den Kopf.

»Ist ganz am Ende der Straße auf der rechten Seite.« Anton kramt einen Einkaufsbon aus seiner Hosentasche und notiert etwas auf der Rückseite. »Kannst du da hingehen und Ottmar fragen, ob er ... dieses Buch hat?« Er reicht Charlie den Zettel. »Falls ja, bring es mit.«

Charlie studiert den Bon. »Du hast dir Haarfärbemittel gekauft?«

Anton zupft Charlie den Zettel aus den Fingern und dreht ihn um.

»Millers Mineralien-Enzyklopädie«, liest Charlie. »Klingt nach schwerer Lektüre.«

»Ist es auch«, bestätigt Anton. »Groß und schwer und außerdem mehrbändig. Am besten nimmst du Tommie mit, damit er dir tragen hilft. Dann macht der auch mal was Nützliches, anstatt einen mit seinen Witz-Anrufen zu nerven.« Er wendet sich Benno zu. »Was ist mit der Falle? Hast du den Prototyp zusammengebaut?«

Benno nickt. »Die Materialien, die ich von Professor von Immensee bekommen habe, waren erstklassig. Aber der Fänger ist noch nicht kalibriert. Dafür brauch ich Unterstützung aus dem Netz. Und ich weiß nicht, wie schnell ich Kontakt bekomme.«

»Versuch dein Möglichstes«, bittet Anton. »Wenn wir heute Abend nicht einsatzbereit sind und der Geist wieder auftaucht, verpassen wir vielleicht die einzige Gelegenheit, ihn zu schnappen.«

»Wie kommst du darauf?«, fragt Charlie. »Normalerweise bleiben Geister doch länger, wenn sie sich erst mal eingenistet haben.«

»Schon. Aber dieser Geist scheint nach etwas zu suchen. Und wenn er es gefunden hat, ist er ganz schnell auf und davon. Wir

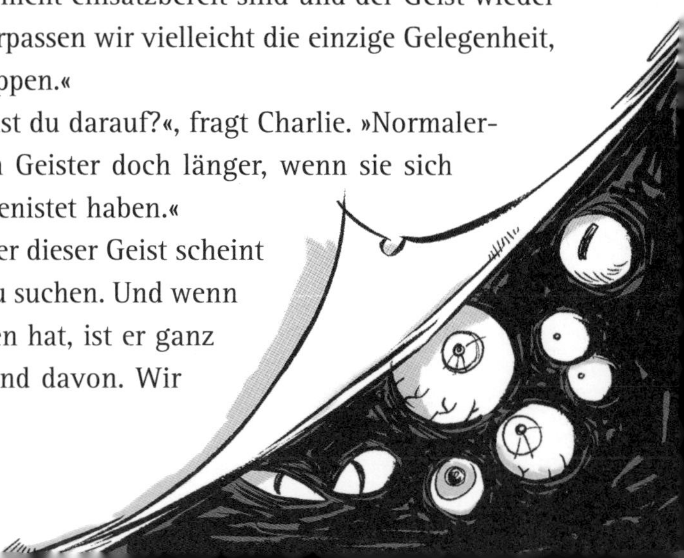

dürfen also keine Zeit verplempern. Um sechs treffen wir uns wieder in der Werkstatt. Okay?«

Anton hebt sein Rad aus dem Fahrradständer.

»Und was ist mit dir?«, bremst ihn Charlie. »Ich hole das Buch, Benno kümmert sich um die Falle – und was macht der Anton?«

»Der Anton hat noch eine AG«, ahmt Anton Charlie nach. *»Hamburg, heute und früher.* Bei Herrn Holzhausen. Er hat für uns eine Sonderführung im neuen Museum am Hafen organisiert. Superspannend! Ist jetzt natürlich ein bisschen ungünstig. Aber ich muss da leider trotzdem hin. Ich mach, so schnell ich kann.« Er steigt aufs Rad und setzt den Fuß auf die Pedale. »Also los, Leute: Schnappen wir uns dieses Biest!«

Anton, Benno und Charlie brausen davon. Plötzlich beginnt sich der Fahrradständer zu bewegen. Die Stahlrohre, aus denen er zusammengeschweißt ist, verbiegen sich und streben wie die Äste eines Baumes nach oben. Dort verschmelzen sie und nehmen eine neue Gestalt an: die Gestalt des Geistes aus der Wohnung von Frau Kraft. Als die Verwandlung beendet ist, sieht er sich hektisch um und huscht dann rasch davon.

8

Und hier haben wir den Hamburger Hafen um 1880«, sagt der Museumsführer und bleibt neben einer großen Karte stehen. Geduldig wartet er, bis das Dutzend Schülerinnen und Schüler den Raum betritt und sich um ihn herum versammelt hat. Dann fährt er fort.

»Damals nahm der Ausbau des Hafens immer mehr Fahrt auf. Und dafür brauchte man natürlich Platz. Rund 20.000 Menschen mussten umgesiedelt und 1.000 Häuser eingerissen werden, darunter auch das Gefängnis Wandrahm, in dem einige der übelsten Schurken und Banditen der damaligen Zeit untergebracht waren.«

»Was passierte mit ihnen?«, fragt ein Mädchen. »Wurden sie freigelassen?«

»Natürlich nicht«, lacht der Museumführer. »Sie wurden in andere Gefängnisse verlegt.« Er stutzt. »Nehme ich mal an. Doch jetzt zurück zur Alten Werft. Auch diese Werft, in der wir jetzt gerade stehen, wurde damals gebaut. Bis in die Sechzigerjahre des vergangenen Jahrhunderts wurden hier Schiffe wieder auf Vordermann gebracht. Dann wurde sie stillgelegt und rottete vor sich hin. Erst vor fünf Jahren wurde der Plan entwickelt, ein Museum aus ihr zu machen.

Und vor drei Wochen war es dann endlich so weit: Das Museum Alte Werft wurde feierlich eröffnet.«

Der Museumsführer verharrt einen Moment schweigend und sieht erwartungsvoll in die Runde. Aber die Schüler zeigen wenig Begeisterung. Dabei war die Museumseröffnung wirklich ein großes Ereignis, zu dem sogar der Bürgermeister gekommen war.

»Äh ja«, sagt er dann und räuspert sich. »Die Modernisierung des Hafens ging auch im neuen Jahrtausend weiter. Das sehen wir uns im nächsten Ausstellungsraum an.« Mit raschen Schritten verlässt er den Raum. Die Schülerinnen und Schüler folgen ihm mit schlurfenden Schritten.

Bis auf Anton.

Anton starrt weiter auf die Karte von 1880. Wie Adern durchziehen die zahllosen Kanäle das Hafengebiet. Als wäre das Wasser Blut, das die Hansestadt am Leben hält. An irgendetwas erinnert ihn dieses Bild. Aber an was?

»Anton, richtig?«

Anton zuckt zusammen. Er war so in Gedanken, dass er gar nicht bemerkt hat, wie sich das Mädchen an ihn rangeschlichen hat. Sie hat Sommersprossen, trägt eine große Brille und hat ihre braunen Haare zu einem Pferdeschwanz zusammengebunden. Nett sieht sie aus, findet Anton. Wenn ihr Gesicht im Moment auch etwas leicht Angewidertes hat.

»Bist du stumm geboren oder hattest du einen Unfall?«, fragt sie genervt.

»Äh, was?«, fragt Anton zurück.

»Dir dürfte bekannt sein, dass ich die Chefredakteurin

unserer Schülerzeitung *Seitenblick* bin. In dieser Eigenschaft habe ich Charlie aus der 5b interviewt. Und der hat mir 'ne Menge Quatsch erzählt.«

»Was denn für 'n Quatsch?«

»Na, diese Geistersache. Das meinst du doch nicht ernst!«

»Doch, natürlich. Was spricht denn dagegen?«

»Was dagegenspricht?« Franziska verdreht die Augen. »Okay, bitte. Wie ist es zum Beispiel damit, dass Geister immer gerade woanders sind? Oder siehst du hier irgendwo einen?« Sie blickt nach links und rechts. »Also ich nicht. Ist doch komisch, oder? Denn müsste es nicht Millionen Geister geben? Überall? Wieso ist dann keiner hier?«

»Vielleicht ist er es und wir sehen ihn nur nicht«, sagt Anton. »Weil er eine Materieform angenommen hat, die wir mit unseren Sinnesorganen nicht wahrnehmen können.«

Franziska verschränkt die Arme vor der Brust. »Und er ändert seine Materieform nur dann, wenn er Leuten begegnet, die von seiner Existenz überzeugt sind?« Sie schüttelt mitleidig den Kopf. »Wieso zeigen sich Geister nur denen, die sowieso an sie glauben? Wieso zeigen sie sich überhaupt? Und wenn sie sich schon zeigen: Wieso gehen sie nicht spazieren, wohnen mit uns zusammen und reden in Talkshows über ihr Dasein als Geist?«

»Sie werden ihre Gründe haben«, vermutet Anton.

»Und diese Gründe verraten sie uns nicht«, sagt Franziska und macht einen Schritt auf Anton zu. »Charlie sagt, du hast mit einem gesprochen. Was hast du ihn gefragt?«

»Och, dies und das«, sagt Anton ausweichend, doch Franziska scheint gar keine Antwort erwartet zu haben.

»Weißt du, was ich ihn gefragt hätte«, sagt sie und Anton spitzt die Ohren. »Wieso ein Astralwesen, das den Gesetzen der Physik nicht gehorchen muss und seine Materieform beliebig verändern kann, sich damit zufrieden gibt, umherzuschweben und *Huhu* zu rufen.« Anton starrt Franziska mit offenem Mund an.

»Aufschließen, bitte!« Herr Holzhausen, der Geschichtslehrer, kommt aus dem Nachbarraum und wirft den beiden einen auffordernden Blick zu. »Die Führung geht weiter!«

»Denk mal drüber nach«, sagt Franziska und läuft dann auf den Lehrer zu.

Anton schüttelt den Kopf. *Und die will ein doppelseitiges Hochglanz-Porträt von den Ghostfightern machen? Das glaub ich ja im Leben nicht. Charlie hat uns bestimmt einen Bären aufgebunden!*

Er wendet sich noch einmal der Karte zu – als plötzlich ein Mann mit silberfarbenem Bart vor ihm steht. Anton zuckt zusammen

»Alles in Ordnung, Junge?«, fragt der Mann mit tiefer, kratziger Stimme.

»Alles in Ordnung«, antwortet Anton hastig, dreht sich um und rennt seinen Mitschülern hinterher.

Der Mann mit dem Silberbart sieht ihm einen Moment nach. Dann wendet er sich ab und verschwindet hinter einem Vorhang.

Zurück in SpukNix-Castle loggt sich Benno im Internet direkt bei *Hä?* ein, einem Forum, in dem sich Computernerds über seltsame Internetphänomene austauschen.

Hi, Big Eyes

begrüßt ihn der Administrator. *Big Eyes* ist Bennos Aliasname. Eigentlich wollte er *Big Muscles* heißen, aber dieser Name war leider schon vergeben.

Was geht?

Es geht, was geht

tippt Benno auf der Tastatur ein.

Ich brauch ein Ticket für GHONT.

Was du nichts sagst. Dann werd ich mal sehn, was ich für dich tun kann.

Sekunden verstreichen. Eine Minute. Zwei. Benno wird nervös. Wieso dauert das so lange?

Okay, dann mal viel Spaß. Und grüß mir den Hoax!

Benno atmet erleichtert auf. Der Bildschirm wird schwarz bis auf ein kleines Licht, das nur am unteren Rand flackert, wie der Schein einer Kerze. In ihm erscheint nun ein neuer Text:

Willkommen im Ghost-Net GHONT. Was möchtest du tun?

10

Mit raschen Schritten gibt Charlie das Tempo vor. Tommie kommt kaum hinterher.

»He, Alter, kannste ma 'n Gang runterschalten? Bin schließlich nich mehr der Jüngste.«

»Du bist zwölf, Tommie!«

»Fast dreizehn! Da gehn andre schon in Rente.«

»Niemand geht mit dreizehn in Rente, Tommie.«

»Dann bin ich eben der Erste.« Tommie hebt stolz das Kinn. »Seh die Schlagsahne schon vor mir: *Hamburger Jung wird Deutschlands jüngster Rentner!*«

»Schlagsahne?«

»In der Zeitung. Obendrüber!«

»Was soll aus dir bloß werden?«, seufzt Charlie.

Tommie zieht die Stirn kraus. »Hab ich doch grad gesagt: Rentner.«

»Da vorne ist es!« Charlie zeigt ans Ende der Straße. *»Ottmars Bücher-Antiquariat!«*

»Zwei Leute für 'n Buch?«, fragt Tommie. »Sind da lebensgroße Fotos von Tieren drin? Pferde zum Beispiel?«

»Keine Ahnung«, sagt Charlie. »Weiß auch nicht, wie groß es tatsächlich ist. Anton meinte nur, dass es schwer ist und wahrscheinlich mehrere Bände sind. Deshalb dachte ich: Besser ist besser.«

»Besser ist besser. Hm-hm-hm.« Tommies Kopf wippt hin und her. »Vielleicht Shetlandponys.« Sie erreichen das Gebäude. »Seepferdchen, Zebras oder Nilpferde ...«

Charlie will gerade die Tür öffnen, da wird sie von innen aufgerissen und ein kleiner, dicker Mann stürzt aus dem Laden. Nur eine Nasenlänge von Charlie entfernt kommt er zum Stehen.

Der Mann starrt Charlie an.

Charlie starrt den Mann an.

»'tschuldigung«, murmelt der Mann und packt das Paket unter seinem Arm fester. Dann drängelt er sich an Charlie vorbei und setzt seinen Weg rasch fort.

»Vielleicht is es ja 'n Buch über Einhörner«, überlegt Tommie laut. »Die sind lang und schwer, die Hörner. Da brauchste glatt 'ne Doppelseite für. Was meinste, Charlie: Ist das vielleicht 'n Einhorn-Buch?«

»Werden wir gleich sehen«, seufzt Charlie und betritt das Antiquariat.

11

Ins Ghost-Net GHONT darf nur, wer nachweisen kann, dass er mit Geistern, Gespenstern oder sonstigen merkwürdigen Wesen zu tun hat; und auch dann nur mit persönlicher Einladung eines GHONTIS, wie sich die Ghost-Net-User untereinander nennen.

Im GHONT tauschen sie sich über geisterhafte Erscheinungen und seltsame Phänomene aus, wie etwa den Hoax, ein Online-Wurm, von dem behauptet wird, dass er in jede ans Netz angeschlossene Wohnung eindringen kann, wo er dann den gesamten Vorrat an Erdnusscreme vertilgt. Die Formel »Grüß mir den Hoax« hat sich unter den GHONTIS eingebürgert und soll daran erinnern, dass man bei seinen Besuchen im GHONT stets wachsam bleiben und auf alles gefasst sein sollte.

Benno wurde vom Ufologen Professor Achim von Immensee eingeladen, auf dessen Internetseite er einen Fehler in einem Konstruktionsplan für einen Geisterlysator gefunden hatte. Mit einem solchen Analysegerät lässt sich anhand einer Ätherprobe feststellen, um was für eine Art Geist es sich handelt. Beeindruckt von Bennos Scharfsinn hatte der Professor vorgeschlagen, sich regelmäßig im GHONT-Chat auszutauschen, besonders über Geräte, die mit dem Geisterfang zu tun haben. Außerdem hatte er Benno mit Spezialmaterialien für den Geisterfänger versorgt.

Der GHONT-Chat ist nun eröffnet

erscheint eine Mitteilung auf dem Bildschirm. Benno beugt sich über die Tastatur und schreibt:

Professor? Sind Sie da?

Minutenlang blinkt der Cursor vor sich hin, ohne dass etwas geschieht.

Hoffentlich ist ihm nichts zugestoßen, überlegt Benno. Denn beim letzten Chat hatte von Immensee einige Bemerkungen gemacht, aus denen Benno nicht schlau geworden war. Sie hatten etwas mit seinem aktuellen Projekt zu tun, von dem der Professor allerdings nicht viel mehr berichtet hatte, als dass es dabei um düstere Angelegenheiten in weit entfernten Sphären ging.

Professor?

versucht es Benno erneut. Wieder kommt keine Reaktion.

Entmutigt lässt Benno den Kopf hängen. Der erste Auftrag – und schon versagt. Schlechter könnte der Start gar nicht sein.

PIEP!

Benno hebt den Kopf. Auf dem Bildschirm flimmern Sätze:

Tut mir leid, war grad an einer Sache dran. Ziemlich brisant. Weiß nicht, wie viel Zeit uns bleibt. Also: Worum geht's?

Ottmars Bücher-Antiquariat sieht genau so aus, wie man sich ein Antiquariat vorstellt: bis unter die Decke reichende Regale, vollgestopft mit Büchern aller Art und jeden Alters, verstaubte Gemälde in finsteren Farben an den Wänden und ein dunkler Teppich auf dem Boden.

Charlie sieht sich staunend um.

»Was gibt's denn da zu glotzen!«, faucht ein Verkäufer, der auf einer Leiter an einem der Regale steht und zu den beiden Jungs hinabsieht.

»Oh, der ist ja von der ganz besonders freundlichen Sorte«, flüstert Charlie Tommie zu. »Sind Sie Ottmar?«, fragt er dann etwas lauter.

»Wer will das wissen?«, giftet der Mann zurück.

»Anton Schachelheim schickt uns.«

Langsam steigt der Mann die Leiter hinab und baut sich vor den beiden Jungen auf. Er ist groß und schmal, trägt schwarze Hosen und einen schwarzen Rollkragenpullover und blickt mürrisch durch eine kantige Brille.

»Meine Freunde nennen mich Ottmar«, stellt er mit eiskalter Stimme fest. »Für euch bin ich Herr Eggelbert-Hecht-Glatzengießer, verstanden?«

Tommie zuckt zusammen. »Äh, was?«

»Eggelbert-Hecht-Glatzengießer«, wiederholt der Mann langsam.

Tommie zieht die Stirn kraus. »Is' das 'n Dreiername?«

»Ja«, sagt der Antiquar. »Hast du damit ein Problem?«

Tommie schüttelt den Kopf. »Ich? Nö. Nur ... von wem sind denn die ganzen Namen? Ich meine, haben Sie jetzt zwei Frauen oder ... äh ...«

»Sprich dich ruhig aus, Junge«, sagt der Antiquar drohend und seine Augen verengen sich zu zwei schmalen Schlitzen.

»Wir kommen wegen eines Buches«, sagt Charlie und zieht Antons Zettel aus der Tasche. *»Millers Mineralien-Enzyklopädie«,* liest er den Titel vor. Ruckartig packt der Antiquar Charlie an den Schultern.

»Wollt ihr mich veräppeln?«, bellt er.

Verdattert schüttelt Charlie den Kopf. »Aber nein. Wieso denn?«

»Weil dieses Buch dreißig Jahre lang hier im Regal stand und niemand je danach gefragt hat«, zischt der Antiquar zwischen zusammengebissenen Zähnen hindurch. »Und dann kommen innerhalb von zehn Minuten gleich zwei Interessenten.«

Charlie stockt der Atem. »Was? Wer denn noch?«

»So ein kleiner Dicker mit Schweinsaugen und Knollennase«, sagt der Antiquar und sein Gesicht nimmt einen angewiderten Ausdruck an. »Ist eben raus. Kurz bevor ihr reingekommen seid.«

»Und das Buch?«, fragt Charlie entsetzt. »Sie haben es ihm doch nicht etwa verkauft!«

»Natürlich hab ich das!«, brüllt Ottmar plötzlich los. »Ist doch schließlich ein Buchladen hier und keine Leihbibliothek!«

Charlie hetzt zur Tür.

»Los, komm!«, ruft er Tommie zu. Doch Tommie zögert. »Nur noch einmal«, bittet er den Antiquar. »Ich kann sonst nicht schlafen: Eggelhecht-Bart-Glatzennieser?«

In den Augen des Antiquars lodern Flammen auf und sein Mund öffnet sich weit wie ein Scheunentor. Als Tommie den vor Zorn zuckenden Adamsapfel des Buchhändlers sieht, sagt er rasch »Ist ja auch egal« und folgt Charlie, so schnell er kann, nach draußen.

13

Die Kalibrierung ist das Hauptproblem. Man braucht dafür Erfahrungswerte, sprich: Man muss die Falle ein paar Mal ausprobieren, um sie richtig einstellen zu können.

Benno stutzt. Ausprobieren? Die Geisterfalle? Wie soll das gehen?

Ich hatte gehofft, dass Sie die richtige Einstellung kennen würden, Herr Professor

tippt Benno in die Tastatur und wartet.

Lange.

Herr Professor?

Ja?

Ich hatte geschrieben, dass ich hoffte, Sie würden die richtige Einstellung kennen.

Und ich hatte geantwortet, dass das nicht der Fall ist, aber die korrekte Kalibrierung von ... Bedeutung ist.

Benno stutzt. Irgendwas ist nicht in Ordnung.

Die Verbindung scheint instabil zu sein. Können Sie mir wenigstens einen Richtwert für den Anfang nennen?

Du solltest mit ... beginnen, aber auf keinen Fall höher gehen, da sonst die Gefahr besteht ...

Benno wird zunehmend nervös.

Bitte wiederholen. Wie lautet der Richtwert?

... nicht höher ... zu schwerwiegenden ... der Geist ... hindurch ...

Herr Professor!

... vielleicht ... Feinde ... Ghost-Net ... aufpass...

Der GHONT-Chat wird beendet.

Das Flimmern am unteren Bildschirmrand erlischt, das Monitorbild flackert auf und die schlichte Darstellung der Einstiegsseite erscheint.

Die Leitung ist zusammengebrochen

meldet sich der Administrator.

Tut mir leid, Big Eyes. Versuch's doch später noch einmal.

14

Charlie und Tommie hetzen die Straße runter bis zur nächsten Ecke. Dort sieht sich Charlie hektisch um. Doch der Fremde ist nirgends zu entdecken.

»So ein Mist!«, ruft er wütend aus.

»Was ist denn eigentlich los?«, fragt Tommie außer Atem.

»Was los ist? Irgendein Kerl schnappt uns ein Buch vor der Nase weg, das dreißig Jahre lang unberührt im Antiquariat rumgestanden hat. Das kann doch kein Zufall sein!«

»Sondern?«

»Der wollte, dass wir das Buch nicht bekommen. Und das heißt: Der Fremde hat uns belauscht.«

»Uns?«, fragt Tommie.

»Anton, Benno und mich«, erklärt Charlie. »Als wir vor Frau Krafts Haus darüber gesprochen haben, was wir als Nächstes tun.« Er schlägt mit der Faust gegen die Häuserwand. »Wieso quatschen wir auch in aller Öffentlichkeit über Geister und ...«

Ein Schatten huscht aus einem Hauseingang, hastet über die Straße und verschwindet in einer Einfahrt.

»Da ist er!«, ruft Charlie aus. »Er nimmt den Sperlingsweg. Das ist eine Sackgasse. Los, Tommie, den schnappen wir uns!«

So schnell sie können, folgen sie dem Flüchtenden. Die Straße mündet in einem großzügigen Spielplatz, der von einem hohen Zaun umgeben ist.

»Jetzt sitzt er in der Falle«, stellt Charlie fest. »Hier kommt er nicht mehr raus.«

Die beiden Jungen betreten den Spielplatz und sehen sich um. Bis auf ein kleines Kind, das mit Eimer und Schaufel in der Sandkiste spielt, ist niemand zu sehen.

»Der hat sich bestimmt in dem Kahn da versteckt«, flüstert Charlie und zeigt auf das große Holzschiff im Zentrum des Spielplatzes. »Wir nehmen ihn in die Zange: Du kommst von hinten, ich von vorne.«

Tommie nickt und schleicht ums Schiff herum. Charlie postiert sich an der Vorderseite.

»Das Spiel ist aus!«, ruft er. »Entweder Sie kommen freiwillig raus oder wir werden Sie holen. Sie haben die Wahl!«

Keine Antwort.

»Letzte Chance!«, ruft Charlie. Aber nichts rührt sich.

»Also gut. Tommie? Auf drei: eins, zwei und ... drei!«

Mit wildem Geschrei stürmen die Jungen hinein. Doch da ist nichts. Das Schiff ist leer.

»Hier ist das Buch«, sagt Tommie verdutzt und zieht das schwere Werk ächzend unter einem Sitz hervor. »Wieso hat er es denn hier liegen gelassen, wenn ihm so wichtig war, dass ihr es nicht bekommt? Das macht doch keinen Sinn!«

Charlie hört ihm gar nicht richtig zu. »Wo ist der Kerl hin?« Hektisch sieht er sich um.

»Ist doch egal«, sagt Tommie. »Hauptsache, wir haben

das Buch.« Er hebt es an. »Ist ja wirklich ’n ziemlicher Brocken.«

Gemeinsam verlassen sie das Schiff. Noch einmal lässt Charlie den Blick über den Spielplatz schweifen. Der Platz ist leer. Selbst das Kleinkind ist jetzt verschwunden. Nachdenklich betrachtet Charlie die verlassene Sandkiste. Ein Gedanke spukt ihm durch den Kopf. Dann läuft er Tommie hinterher, der mit dem Buch bereits den Rückweg angetreten hat.

15

In der Redaktion der Schülerzeitung *Seitenblick* blättert Franziska durch ihre Notizen: *Geisterjagd, Autowerkstatt, Spuk lass nach!*

Sie seufzt. Wie soll sie denn daraus eine Story machen? Normalerweise würde sie über Geister, Gespenster und den ganzen Quatsch gar nicht nachdenken. Aber da es gewisse Schüler gibt, die sich offenbar ernsthaft mit diesem Thema beschäftigen, kann sie es nicht einfach ignorieren. Immerhin ist sie Chefredakteurin der Schülerzeitung! Also muss sie über alles berichten, was an ihrer Schule vor sich geht. Auch, wenn es selbst ernannte Geisterjäger sind.

Franziska nimmt den Bleistift und schreibt: *Spuk lass nach: Warum es keine Geister gibt.*

Sie zögert. Denkt nach. Und beginnt, auf dem Bleistiftstumpf herumzukauen.

Okay, es gibt keine Geister. Das ist klar. Aber warum glauben dann so viele Menschen an sie? Und wieso lassen sie sich nicht eines Besseren belehren?

Der Mensch glaubt an das, was ihn am meisten bewegt. Und das sind seine Ängste, hat Franziska mal in einem Buch gelesen. Die Schatten an der Wand sehen aus wie

Totengräber, das Ächzen eines Fensters im Wind klingt wie das Stöhnen eines Riesen und der Blumenkohlduft aus dem Nachbarhaus riecht wie ein altes Grab.

Im Grunde ist es völlig egal, ob es Vampire, Zombies oder Ghoule gibt oder nicht, denkt Franziska. *In der Fantasie der Menschen sind sie echt und führen zu echten Problemen: Angst, Schlaflosigkeit und schlechter Laune.*

So gesehen macht auch die Jagd auf Geister und Gespenster irgendwie Sinn. Vielleicht ist es doch nicht totaler Quatsch, womit sich Anton, Benno und Charlie da beschäftigen?

Franziska setzt sich an den Computer. Sie muss mehr darüber rauskriegen, über die Ghostfighter und was sie wirklich wollen.

Das war harte Arbeit«, sagt Charlie und wuchtet *Millers Mineralien-Enzyklopädie* auf den Tisch. »Irgendjemand wollte uns das Buch vor der Nase wegschnappen. Und hätt es auch fast geschafft.«

»Was?«, ruft Anton entsetzt aus. »Wer?«

»So ein kleiner Dicker mit Knollennase und Schweinsaugen«, berichtet Charlie. »Hab ihn noch nie gesehn. Na ja, jedenfalls haben wir es ihm wieder abgejagt.« Er wird nachdenklich. »Komisch nur, dass er plötzlich weg war. Verschwunden. Einfach so. Als hätte er sich in Luft aufgelöst. Man könnte fast glauben, dass es ein Geist gewesen ist.«

»Was für ein Geist? Der aus Frau Krafts Wohnung?« Benno sieht fragend zu Anton.

Der zuckt mit den Achseln. »Keine Ahnung. Der hätte zumindest ein Interesse daran, dass wir nicht an die Informationen aus dem Buch kommen. Es ist nur die Frage, woher er wusste ...«

»... dass wir das Buch holen wollten«, beendet Charlie den Satz. »Die einzige Chance, uns abzuhören, war vor Frau Krafts Wohnung. Aber ich habe dort niemanden gesehen. Ihr?«

Seine Freunde schütteln die Köpfe. »Aber das muss ja nichts heißen«, murmelt Anton.

»Es versucht uns also jemand zu sabotieren, bevor wir überhaupt so richtig angefangen haben«, stellt Benno fest.

Anton klatscht entschlossen in die Hände. »Du sagst es. Und deshalb werden wir jetzt erst recht loslegen. Als Erstes sollten wir den Sand analysieren.«

Benno nimmt das Reagenzglas mit der Probe aus dem Materialkoffer und zieht den Korken heraus. Behutsam lässt er etwas von dem Sand auf ein Blatt Papier rieseln. »Sehr gute Rieseleigenschaften«, sagt er und reicht das Reagenzglas an Anton weiter. »Staubt auch fast gar nicht.«

Anton hebt den Glaskolben an die Nase und schnuppert. »Ein trockener Geruch, leicht pappig, dabei eine Spur moderig.« Er befeuchtet den Zeigefinger seiner rechten Hand, pickt ein einzelnes Sandkorn vom Rand des Glases und nimmt es mit der Zunge vom Finger. Wie ein Gourmet beim Weinkosten lässt er das Sandkorn im Mund kreisen. »Interessant, der spröde Geruch korrespondiert mit dem fahrigen Aroma des Sandes. Schmeckt fast ein wenig schlammig.«

»Der spröde Geruch korrespondiert mit dem fahrigen Aroma des Sandes?« Charlie schüttelt den Kopf. »Sagt mal, Jungs, hört ihr euch eigentlich manchmal selber zu?«

Statt zu antworten, träufelt Benno mit der Pipette etwas Wasser auf das Häufchen vor sich. Der Sand beginnt zu leuchten.

»Seht euch das an«, ruft er begeistert. »Wenn ich Wasser hinzufüge, leuchtet der Sand noch stärker.« Er nimmt ein Feuerzeug und bringt die Flamme in die Nähe des Häufchens. »Und wenn ich ihn erhitze, färbt er sich lila. Fantastisch.«

»Und wo kommt der Sand nun her?«, fragt Charlie ungeduldig.

»Das werden wir gleich wissen«, sagt Anton und schlägt *Millers Mineralien-Enzyklopädie* auf.

»Was kann man mit dem Buch denn machen?«, fragt Charlie.

»Sand hat ein Gedächtnis«, erklärt Anton und blättert langsam durch die Seiten. »Das bedeutet: Der Sand merkt sich, wo er schon überall war. Wenn es uns also gelingt, den Sand zum Reden zu bringen, wissen wir auch, woher er stammt.«

»Den Sand zum Reden bringen«, seufzt Charlie. »Irgendwann bringen dich solche Sätze noch in einen Raum, der nur von außen aufzuschließen ist.«

Anton gelangt zu einer über zwei Seiten reichenden Weltkarte.

»Diese Karte wurde auf Basis von Memoranium hergestellt«, erklärt er. »Sie übersetzt die Sprache des Sandes. Und wir

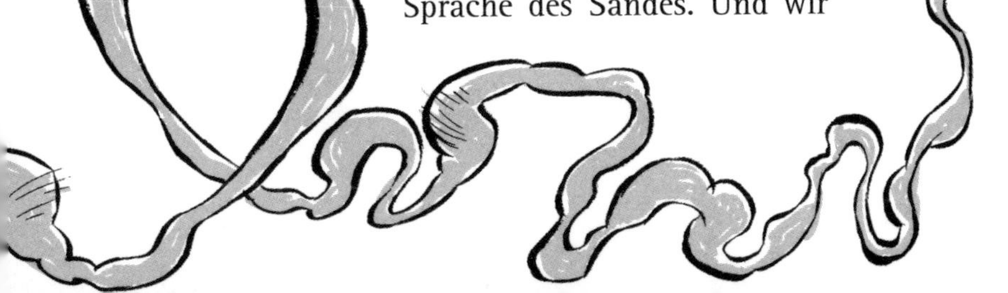

können lesen, was der Sand zu sagen hat. Wir müssen ihn nur auf die Karte streuen ...« Behutsam lässt Anton etwas Sand auf die Karte rieseln. »... und abwarten.«

Die drei Jungen stecken die Köpfe über der Karte zusammen.

Nichts geschieht.

»Ist vielleicht vergesslich, der Sand«, sagt Charlie – da beginnen die Sandkörner, auf dem Papier auf und ab zu hüpfen, als würden sie tanzen. »Das gibt's doch nicht!«

Sie springen über die Karte, als wären sie Teile eines Puzzles, die ihren Platz suchen. Dann formiert sich der Sand langsam zu einer Schlange, die über die Weltkarte wandert.

»Der Sand zeigt den Weg, den der Geist auf seiner Reise genommen hat«, stellt Anton fest. »Und diese Reise führte von dieser Insel hier bis nach Deutschland. Bis nach Hamburg. In die Wohnung von Frau Kraft.«

»Und wo hat die Reise begonnen?«, fragt Benno.

Anton sieht genauer hin. »Sulawesi.«

Charlie findet als Erster wieder Worte.

»Ne, oder? Was soll uns das jetzt sagen?«

»Erst mal nur, dass wir es vermutlich mit einem Wandergeist zu tun haben«, sagt Anton und zieht ein Buch aus seinem Regal. »Lateinisch: Geisterosus wanderinii.«

»Und honolulisch?«

Anton wirft Charlie einen bösen Blick zu.

»Dann haben wir also ein echtes Problem«, merkt Benno an.

»Wieso?«, fragt Charlie.

Anton schlägt das Buch auf. »Deshalb«, sagt er. *Wandergeist* lautet die Überschrift. Darunter ist die Zeichnung eines Geistes in löchrigem Hemd und mit wirrem Blick.

»Ich dachte immer, Wandervögel sind fröhliche Gesellen«, murmelt Charlie nachdenklich.

»Normalerweise ja«, pflichtet ihm Anton bei. »Aber Wandergeister sind nur in den seltensten Fällen freiwillig auf Wanderschaft. *Wandergeist* ist ja auch nur die Bezeichnung für das, was sie tun. Bei den meisten von ihnen handelt es sich aber um ganz andere Formen von Geistern, zum Beispiel Höhlen- oder Meeresgeister oder auch ganz normale Schreckgespenster. Die haben irgendwas ausgefressen und wurden dann zu ewiger Wanderschaft verdammt. Deshalb machen sie solche Gesichter. Und deshalb sind sie auch oft gefährlich.«

Charlie brummt. »Was schlägst du also vor?«

»Wir fangen das Biest«, sagt Anton, ohne zu zögern. »Mit unserem Ghost-Catcher.« Er sieht Benno an. »Hast du ihn kalibriert?«

»Das lässt sich nur machen, indem man ihn ausprobiert«, erklärt Benno.

»Gut. Dann tun wir das jetzt«, sagt Anton. »Wir legen uns bei Frau Kraft auf die Lauer, und wenn der Wandergeist erscheint – zack! –, schnappt die Falle zu!«

»Sekunde«, dämpft Charlie das Jagdfieber seines Freundes. »Ich meine, da gibt es ja auch noch diese andere Sache, oder?«

Anton zieht die Stirn kraus. »Welche andere Sache?«

»Sulawesi«, sagt Charlie. »Wird ja wohl kein Zufall sein, dass der Geist ausgerechnet von der Insel kommt, auf der unsere Auftraggeberin und dieser Quakenbrück nach Gorrum gesucht haben.«

»Ja, da hast du recht«, murmelt Anton und beißt nachdenklich auf seiner Unterlippe herum. »Aber wo könnte der Zusammenhang sein?«

»Na, ist doch logisch«, sagt Benno und seine Stimme nimmt einen unheilvollen Klang an. »Es ist der Geist von Quakenbrück!«

17

Am frühen Abend stehen die drei Ghostfighter samt dem Geisterfänger GO-CAT und dem Materialkoffer wieder vor Frau Krafts Wohnungstür. Sie haben die alte Dame vorgewarnt, dass sie in dieser Nacht in ihrer Wohnung auf Geisterfang gehen würden. Immer noch skeptisch hat Frau Kraft versprochen, sich mit der Zeitung in die Küche zurückzuziehen, um nicht im Weg zu stehen. Dort war der Geist ja anscheinend schon gewesen, sodass es relativ unwahrscheinlich war, dass er die alte Dame dort überraschen würde.

»Am besten teilen wir uns auf: Benno übernimmt den Flur, Charlie das Wohn- und ich das Arbeitszimmer.«

Benno starrt Anton an, als habe er den Verstand verloren.

»Wieso soll ich in den Flur?«, will er wissen.

»Wieso nicht?«, fragt Anton zurück.

»Weil er Angst vorm Eber hat«, sagt Charlie und grinst.

»Hab ich nicht«, sagt Benno und funkelt Charlie von der Seite an. Aber Anton winkt ab.

»Dann geht eben Charlie in den Flur und du übernimmst das Wohnzimmer, Benno.«

»Ich kann nicht in den Flur«, sagt Charlie. »Ich bin allergisch gegen lange Räume. Deshalb verlauf ich mich auch dauernd in der Schule.«

Anton seufzt. »Dann übernehm ich eben den Flur, Charlie das Wohn- und Benno das Arbeitszimmer. Einverstanden?«

Alle nicken.

»Und wer bekommt die Falle?«, fragt Benno.

»Anton«, sagt Charlie. »Der Geist hat schon überall gesucht, nur nicht im Flur.«

Benno gibt Anton den Ghost-Catcher. »Ich habe ihn jetzt auf mittlere Stärke eingestellt. Aber wie gesagt: Ich habe keine Ahnung, wie der Geist darauf reagiert.«

»Sicher nicht erfreut«, bemerkt Charlie.

»Wir werden sehen«, sagt Anton. »Wird schon schiefgehn.«

»Falls der Geist doch in Wohn- oder Arbeitszimmer auftaucht, rufen wir dich«, sagt Charlie.

»Nicht rufen, dann ist er sofort weg. Wir müssen uns über Handy verständigen, aber schaltet sie bloß auf lautlos!« Anton zieht sein Smartphone aus der Hosentasche.

»Also dann«, sagt Charlie, nachdem alle ihre Smartphones gecheckt haben.

Benno hebt mahnend den Finger. »Und keine Alleingänge!«

Charlie winkt ab. »Auf einen guten Fang, Jungs!«

Im Arbeitszimmer macht es sich Benno auf dem großen Sessel bequem. Und muss gähnen. Der erste Arbeitstag als Ghostfighter war ganz schön anstrengend. Noch heute

Morgen hätte er nie gedacht, dass er noch am selben Tag auf Geisterjagd gehen würde. Benno spürt, wie seine Augenlider immer schwerer werden.

Nicht einschlafen! Augen auf und wach bleiben. Wenn der Geist kommt, musst du voll da sein. Sonst erwischen nicht wir ihn, sondern er uns.

Benno starrt ins Dunkel.

Und gähnt.

18

Der Geist huscht die Treppe hinauf. Er könnte zwar auch einfach an der Außenfassade des Hauses hochdüsen und sich durch eine Fensterritze zwängen. Aber es hat mehr Stil, anmutig die Treppe emporzuschweben, im Wohnungsflur kurz innezuhalten und dann mit weiten Gesten seinen Weg fortzusetzen.

Das hatte er im Fernsehen gesehen. Und diese Art der Fortbewegung hatte ihm so gut gefallen, dass er es ab sofort auch so machte. Denn normalerweise bewegen sich Geister seiner Art eher laut und plump. Sie rasen mit irrer Geschwindigkeit über die Licht-Highways der äußeren Sphären, können dann oft nicht mehr rechtzeitig bremsen und krachen volles Rohr in den nächsten Quantenraum.

Und dabei schreien sie. So laut sie können. Denn irgendjemand hatte mal festgestellt, dass sich die Geschwindigkeit von Lichtwesen im Äther durch Schreien verdoppeln lässt. Wieso das so ist, konnte bislang niemand erklären. Aber dass es funktioniert, daran besteht kein Zweifel.

Die äußeren Sphären sind ziemlich unangenehme Zonen, in denen Millionen und Abermillionen Geister laut schreiend durch Quantenräume krachen. Der Wandergeist bekommt von so etwas Kopfschmerzen. Deshalb ist er eigentlich ganz froh, sich seit einigen Jahren in gemächlichem Tempo über das begrenzte Umfeld der Erde bewegen zu können.

Wäre da nicht dieser blöde Fluch!

Ewige Verdammnis! Wer denkt sich denn so was aus? Und wieso sollte man so blöd sein, sich in dieses Schicksal zu fügen, wenn man eh nichts mehr zu verlieren hat?

Er muss den Fluch loswerden. Unter bestimmten Voraussetzungen ist das auch möglich. Aber dafür muss er in die Wohnung der Alten. Er hofft bloß, dass ihm die drei Jungs nicht in die Quere kommen. Das wäre schlecht.

Für die Jungs.

19

Benno schreckt auf. Er braucht ein paar Sekunden, um zu begreifen, dass er eingeschlafen sein muss. Er sitzt noch immer auf dem großen Sessel in Frau Krafts Arbeitszimmer. In der Zwischenzeit muss auch noch die letzte Glühbirne im Kronleuchter kaputtgegangen sein: Benno sitzt im Dunkeln. Das heißt: beinahe.

Von irgendwoher kommt ein schwaches Schimmern, nervös flackernd, wie eine Flamme im Wind.

SCH!

Ein Geräusch. Aber woher?

SCH!

Als würde etwas über den Boden geschleift.

SCH!

Das ist kein Traum. Das Geräusch ist echt! So echt wie der Tisch, hinter dem Benno sitzt.

SCH!

Das Geräusch kommt von dahinter. Vom Insektenschrank. Und von dort kommt auch das Schimmern. Benno steht auf. Die Dielen knarren.

KRK!

Das Geräusch verstummt.

Benno verharrt regungslos. Hält den Atem an.

SCH!

Benno atmet erleichtert aus. Er schleicht um den Tisch herum, das Licht wird heller und dann ... bleibt ihm die Spucke weg!

Vor dem Insektenschrank steht eine leuchtende Gestalt und öffnet eine Schublade des Schranks ...

SCH!

... durchwühlt den Inhalt und öffnet dann ...

SCH!

... die nächste Schublade. Plötzlich ist Benno hellwach. Das ist der Geist! Es gibt ihn tatsächlich! Und er steht nur einen Katzensprung von ihm entfernt!

Benno zieht sich hinter den Tisch zurück und holt das Smartphone aus der Tasche. Er ruft Antons Nummer auf und lässt es eine halbe Minute klingeln. Aber Anton hebt nicht ab. Genervt legt Benno wieder auf und lauscht noch einmal zum Insektenschrank hin.

SCH!

Dann versucht er es bei Charlie. Der hebt nach drei Sekunden ab.

»Mann, was ist los mit euch?«, flüstert Benno so leise, wie er kann. »Seid ihr etwa eingeschlafen?«

Charlies Stimme. Viel zu laut!

»Was 'n los?«

Benno drückt das Smartphone an die Brust und presst den Daumen auf den Lautsprecher.

Lauscht.

SCH!

Benno atmet auf.

»Er ist hier«, flüstert er. »Im Arbeitszimmer. Keine drei Meter von mir entfernt.«

»Wer ist hier?«, fragt Charlie. »Dein Zahnarzt?« Er lacht.

»Du Idiot! Der Geist!«, flüstert Benno. »Kommt sofort her. Und bringt die Falle mit.«

»Sekunde«, sagt Charlie. »Wieso bist du dir so sicher, dass es ein Geist ist und kein ... na, sagen wir mal ein ausgestopfter Waschbär?«

»Waschbär?« Benno wird jetzt wirklich sauer und seine Stimme lauter: »Mann, Charlie, hast du sie noch alle? Hast du schon jemals einen leuchtenden Waschbären gesehen, der die Schubladen eines Insektenschranks öffnet? Nein? Na bitte! Es ist der Geist! Also kommt jetzt, verdammt noch mal, her, bevor ...«

KRK!

Benno verstummt.

Das klang weder nach Schublade aufziehen noch nach suchen.

»Biste noch da?«, fragt Charlie leise.

Benno presst das Smartphone wieder an seine Brust. Dann schiebt er vorsichtig seinen Kopf um die Ecke. Die Hälfte der Schubladen des Insektenschranks ist aufgezogen, der Inhalt herausgekramt und achtlos auf dem Boden verteilt. Vom Geist fehlt jede Spur. Fast schon erleichtert kriecht Benno hinter dem Tisch hervor, hebt das Smartphone wieder ans Ohr und sagt: »Er war hier. Aber jetzt ist er weg.«

»Und wo ist er hin?«

»Keine Ahnung. Vielleicht ja zurück nach ...«

CHCHCHCH...

Benno zuckt zurück und fällt auf den Po. Ein Schatten huscht vorüber und verschwindet in einer dunklen Ecke. Benno schlägt das Herz bis zum Hals.

»Alles in Ordnung?«

Benno hebt das Telefon vom Boden auf.

»Alles in Ordnung. War bloß Herr Schmidt, der Kater von Frau ...«

Er verstummt. Und erstarrt. Aus dem Dunkel schwebt etwas auf ihn zu. Dieses Etwas sieht genauso aus wie er selbst. Es ist sein Ebenbild. Aber wie kann das sein? Ist das eine Halluzination? Eine Fata Morgana? Ein böser Traum?

»Benno?«

Benno hebt die Hand mit dem Smartphone in die Höhe.

Sein Ebenbild tut dasselbe.

Benno hält inne.

Sein Ebenbild auch.

Benno lässt das Telefon vor seinem Gesicht kreisen.

Das sieht ziemlich dämlich aus, wie er an seinem Ebenbild erkennen kann.

»Wenn das ein Spiegel ist, muss ich ihn berühren können«, murmelt Benno und streckt die Hand aus. Sein Ebenbild antwortet mit derselben Geste.

Als sich ihre Finger berühren, fährt Benno ein Schauer über den Rücken. Die Fläche ist nicht kalt und glatt wie ein Spiegel. Sie ist warm und feucht. Und klumpig wie Kuchenteig.

»GEIST!« brüllt Benno. Sein Ebenbild fährt erschrocken zurück und verwandelt sich zurück in den Wandergeist. Im selben Augenblick wird die Tür aufgestoßen und Charlie kommt ins Zimmer …

»AAAAAHHHH …«

… und stürzt sich auf den Geist. Doch der weicht aus, schlägt einen Haken und saust Richtung Tür.

»Er entkommt!«, brüllt Charlie.

Anton erscheint im Türrahmen, hebt mahnend die Hände und ruft: »Erstarre, Geist, erstarre! Mein Wort ist dein Gesetz! Und Gesetze bricht man nicht. Weiche zurück und erstarre. Erstarre. Erstarre!«

Der Geist verharrt, scheint einen Augenblick irritiert zu

sein, grinst dann aber breit und rast mit einem schaurigen Jaulen direkt auf Anton zu ...

HUUUUUAAAAAHHH...

... und durch ihn hindurch.

Anton taumelt und fällt zu Boden. Der Geist zwängt sich durch das Schlüsselloch der Wohnungstür und – ist weg.

»Anton!«, ruft Charlie und kommt seinem Freund zu Hilfe. »Alles okay?«

»Er ist durch mich hindurchgegangen«, sagt Anton benommen.

»Und ... wie war das?«, fragt Benno, der sich aus seinem Versteck hinter dem Sofa hervortraut.

Anton überlegt. »Irgendwie – feucht.« Er sieht an sich hinab. Durchsichtiger Schleim klebt an seinem Hemd.

»Wo ist der Dieb?« Mit erhobenem Kris-Dolch kommt Frau Kraft ins Arbeitszimmer gestürmt.

»Weg«, sagt Anton. »Abgehauen.«

Frau Kraft lässt den Dolch sinken. »Aber ... ihr wolltet ihn doch fangen!«

»Das stimmt, wir wollten ihn fangen«, sagt Charlie und sieht zu Anton. »Wo ist eigentlich der GO...«

SCHNAPP!

MIAU!

Sie rennen auf den Flur hinaus. Neben dem Hirscheber steht die Falle. Und in ihr sitzt: Herr Schmidt.

20

Das hat ja megamäßig geklappt. Von wegen Ghostfighter«, schimpft Charlie, als sie die düstere und nur von wenigen Laternen beleuchtete Straße entlangtrotten. »Gleich den ersten Auftrag vergeigt. Keine gute Werbung.«

»Wieso hast du den GO-CAT auch nicht mitgebracht«, fragt Benno.

»Hab ich in der Aufregung vergessen«, murmelt Anton verlegen.

»Weil du eingeschlafen bist!«, sagt Charlie vorwurfsvoll.

»Bin ich nicht!«

»Bist du wohl!«

»Bin ich nicht!«

»Und dann dieser Quatsch mit *Erstarre, Geist, erstarre!«*. Charlie schüttelt den Kopf.

»Das ist ein Bann, um Wandergeister zu stoppen«, erklärt Anton leicht säuerlich. »Hab ihn aus einem alten Buch mit Beschwörungsformeln.«

»Hat ja super geklappt!«

Sie bleiben im Lichtkegel einer Straßenlaterne stehen.

»Hört auf zu streiten, Jungs. Das bringt doch nichts«, versucht Benno, seine Freunde zu beruhigen. »Den Geist haben wir nicht, okay. Aber immerhin wissen wir jetzt, dass die Falle funktioniert.«

»Bei Katzen!«, fügt Charlie hinzu.

»Und wir wissen, dass wir es wirklich mit einem Wandergeist zu tun haben«, stellt Anton nüchtern fest.

»Wieso?«, fragt Charlie.

»Weil Wandergeister Gestaltwandler sind. Sie können sich also in jede beliebige Person und jeden beliebigen Gegenstand verwandeln. Und so ihr Umfeld täuschen.«

»Würde mich nicht wundern, wenn dieser Gestaltwandler noch einen Kumpel hat«, brummt Charlie. »Ein kleiner dicker mit Knollennase, der gelegentlich auch zu einem Kindergartenzwerg mit Sandschaufel wird.«

»Da könntest du recht haben«, murmelt Anton und sieht Charlie bewundernd von der Seite an.

»Es war jedenfalls richtig unheimlich, wie er auf mich zugeschwebt kam«, flüstert Benno, der mit seinen Gedanken immer noch in Frau Krafts Wohnung ist. »Er sah absolut genauso aus wie ich.«

»Wir müssen ein Team bilden«, sagt Anton. »Nur deshalb haben wir den Geist nicht gefangen: weil wir nicht zusammengearbeitet haben. Aber ein Geist ist keine Schildkröte, die bei der geringsten Gefahr den Kopf einzieht. Wenn wir ihn fangen wollen, müssen wir uns schon ein bisschen mehr einfallen lassen.«

»Und was?«, fragt Charlie und gähnt.

»Das überlegen wir uns morgen. Jetzt ist es zu spät. Wir treffen uns nach der Schule in SpukNix-Castle und machen einen Plan.«

»Gute Idee«, sagt Charlie. »Ich bin echt total müde. Und

morgen schreiben wir 'ne Erdkunde-Arbeit. Also dann, Leute.«

Rasch verabschieden sich die drei und ziehen in unterschiedliche Richtungen davon.

Als alles wieder still ist, huscht ein Schatten vorüber. Ein Schatten in Form einer Straßenlaterne.

21

Am nächsten Tag in SpukNix-Castle legt Charlie ein Blatt Papier auf den Tisch.

»Ich hab hier mal Frau Krafts Wohnung aufgemalt. Natürlich nur ganz grob.«

Was nicht übertrieben ist. Charlies Umrisszeichnung sieht in etwa so aus, als habe ein Dreijähriger versucht, eine Möhre zu malen, und herausgekommen ist ein schreiender Wal.

»Hier ist das Arbeitszimmer«, erklärt Charlie, »hier die Wohnungstür und hier der Flur.« Der Bleistift saust über das Papier. »Als wir den Geist überrascht haben, stand ich hier und Benno da. Anton versperrte ihm die Tür. Der direkteste Weg nach draußen wäre hier lang gewesen. Stattdessen hat der Geist einen Haken geschlagen, hat sich hier an der Wand entlanggedrückt und ist erst danach zur Wohnungstür raus. Warum?«

Fragende Gesichter. Anton starrt zu Benno, Benno zu Charlie und Charlie ... grinst.

»Weil hier, an dieser Stelle auf dem Flur, der ausgestopfte Hirscheber steht. Den hatte der Geist vergessen, als er durch Anton hindurch auf den Flur sauste. Und als er ihn dann plötzlich sah, erschreckte er sich, schlug den Haken und verschwand.«

Anton runzelt die Stirn. »Woher willst du das wissen?«

Charlie zeigt mit dem Bleistift auf den Plan. »Weil ich seinen Weg nachgezeichnet habe.«

Anton runzelt die Stirn. Dann steht er auf, geht zu seinem Bücherregal und zieht *Wieskowskis Geister A bis Z* heraus.

»Wandergeister«, liest Anton vor, *»gehören zu den übelsten und gefährlichsten Astralwesen, die existieren. Sie sind die Outlaws der Gespensterwelt und werden von den übrigen Zwischenweltbewohnern verachtet, weil der Grund für ihre Wanderschaft immer ein Verbrechen ist. Sie sind deshalb mit einem Fluch gestraft, der für immer auf ihnen liegt. Wandergeister fürchten weder Tod noch Teufel und lachen selbst den schlimmsten Gefahren ins Gesicht. Nur vor einem hat der Wandergeist eine unvorstellbare Angst: dem Hirscheber.«*

Anton hebt den Kopf. »Hast du etwa hier nachgelesen?«

Charlie schüttelt den Kopf. »Nein, ich habe nur heute Nacht etwas geträumt und das hat mich zu dieser Erkenntnis geführt.«

»Scheinen ja gigantische Träume zu sein, die du so hast«, witzelt Benno.

»Allerdings! Wichtig ist für uns aber nur, dass der Geist sich so verhält, dass man es voraussagen kann. Und das bedeutet ...«

»... dass wir daraus ableiten können, wie wir die Fallen aufbauen müssen, um ihn zu schnappen!«, beendet Anton den Satz und klatscht in die Hände. »Charlie, ich hab keine

Ahnung, was du da geträumt hast – aber deine Idee ist brillant!«

Mit einer lässigen Geste entfernt Charlie ein nicht vorhandenes Staubkorn auf seiner Schulter.

Anton vertieft sich wieder in den Plan. »Wir haben den Geist hier im Arbeitszimmer beim Suchen gestört. Wenn er zurückkommt, wird er also vermutlich dort weitersuchen. Wenn wir den Hirscheber hierhin stellen, kann der Geist nur noch in drei Richtungen verschwinden: hier, hier und hier. An diesen Stellen müssen wir Fallen aufbauen.«

»Wir haben aber keine drei Fallen«, gibt Benno zu bedenken. »Wir haben gerade mal eine. Und bis heute Abend bringe ich höchstens noch eine zweite an den Start.«

»Dann helfen wir dir eben«, sagt Anton. »Mit vereinten Kräften.«

»Also ich hab eigentlich noch 'ne Verabredung«, murmelt Charlie.

»Sag ab!«, befiehlt Anton. »Wir sind Ghostfighter. Und haben heute Nacht die Möglichkeit, einen gefährlichen Wandergeist dingfest zu machen. Wenn uns das gelingt, sind wir mit einem Schlag mitten im Geschäft. Und können uns vor Aufträgen nicht mehr retten.« In seinen Augen blitzt Jagdfieber auf.

Charlie hebt zu einer Erwiderung an, denkt kurz nach und sagt dann: »Okay.«

»Dann los.« Anton streckt seinen Freunden die ausgestreckte Hand entgegen. »Einer gegen alle!«

Benno schlägt ein. »Und alle gegen ... äh.«

»Lasst den Quatsch«, sagt Charlie. »Lasst uns lieber Fallen bauen.«

22

Dicht an die Außenwand des Hauses gedrückt beobachtet der Geist durch das Fenster, wie die drei Jungen die Wohnung von Frau Kraft mit Fallen bestücken. Wie soll er da nur ungeschoren vorbeikommen? Es gibt zwar einen Weg – aber dafür muss er am Hirscheber vorbei. Und das geht unter keinen Umständen!

Die Feindschaft zwischen Wandergeistern und Ebern reicht bis zu den Tagen des *Ersten Internationalen und absolut geheimen Wandergeist-Kongresses* im Jahre vier Millionen nach Mompmann zurück. Damals hatte ein Rudel Geistereber Wind vom ausgezeichneten Buffet des Kongresses bekommen und die Veranstaltung kurzerhand überfallen. Sie stürzten sich auf das Essen und verputzten es bis zum letzten Krümel. Dabei übersah die Meute allerdings, dass sich viele Wandergeister aus Furcht in Pasteten und Götterspeise verwandelt hatten – und dem Heißhunger der Eber zum Opfer fielen.

In den folgenden Äonen kam es immer wieder zu Zwischenfällen, weshalb die Wandergeister auf einem *Zweiten Internationalen und noch viel geheimeren Kongress* beschlossen, sämtlichen Ebern, ob tot oder lebendig, ab sofort aus dem Weg zu gehen. Bei diesem Kongress wurde übrigens nur stilles Wasser gereicht.

Die Eber fühlten sich daraufhin wie die Könige der Welt und benahmen sich auch so. Und wann immer ihnen ein Wandergeist vors Maul geriet, schnappten sie zu.

Der Wandergeist hat also allen Grund, in Frau Krafts Wohnung vorsichtig zu sein – und selbst einem ausgestopften Eber lieber aus dem Weg zu gehen. Wäre ja möglich, dass sich das Biest nur verstellt.

Das bedeutet aber, dass er seine Suche im Arbeitszimmer nicht fortsetzen kann. Außer er schafft es, die Fallen außer Gefecht zu setzen. Und plötzlich hat er eine Idee, wie ihm das gelingen könnte …

23

»Alles aktiviert«, sagt Charlie zufrieden. »Jetzt heißt es: Abwarten und ...«

»... bloß nicht wieder diesen scheußlichen Tee von der Kraft trinken«, fügt Benno flüsternd hinzu.

In diesem Moment kommt Frau Kraft um die Ecke. »Und wie funktioniert das?«, fragt sie, während sie einen prüfenden Blick auf die Anlage der Jungs wirft.

»Sobald der Geist in die Nähe einer der Fallen kommt, wird er hineingesaugt und die Falle schließt sich«, erklärt Benno. »Gleichzeitig geht bei uns in der Werkstatt der Alarm los. Zehn Minuten später sind wir hier wieder vor Ort.«

»Und wieso bleibt ihr nicht einfach hier und wartet?«, fragt Frau Kraft.

»Das könnte den Geist abschrecken«, erklärt Anton. »Wenn er in die Wohnung kommt, muss er sich sicher fühlen. Nur dann geht er uns ins Netz!«

Frau Kraft guckt immer noch skeptisch. »Wenn ihr meint. Aber bevor ihr geht, trinken wir noch einen Tee zusammen. Wer viel arbeitet, muss auch viel trinken.«

Benno seufzt leise.

Ein paar Minuten später sitzen die drei Ghostfighter bei Frau Kraft in der Küche und nippen an ihrem Tee.

»Und was macht ihr mit dem Geist, wenn ihr ihn gefangen habt?«, fragt die alte Dame.

»Ins Geistergefängnis stecken, bei uns in SpukNix-Castle«, erklärt Benno. »Das ist eine Spezialanfertigung, in der man Geister für immer und ewig unterbringen kann. Wir nennen es Aura Inn.«

»Nichts ist für immer und ewig«, stellt Frau Kraft nüchtern fest.

»Was meinen Sie damit?«, fragt Charlie.

»Ihr solltet den Geist vernichten«, sagt Frau Kraft, ohne mit der Wimper zu zucken. »Denn wenn ihr ihn einsperrt, wird er früher oder später ausbrechen. So war es schon immer. Denkt an den Gorrum-Mythos!«

»Der Gorrum-Mythos?«, fragt Anton. »Aber der berichtet doch nur davon, dass hundert rastlose Seelen diesen geheimnisvollen Ort bewachen. Von einem Ausbruch ist da nicht die Rede.«

»In dieser Auslegung des Mythos nicht«, sagt Frau Kraft. »In anderen aber schon.« Sie zieht einen Stapel Bücher zu sich heran. »Ich habe noch mal die Quellen studiert und verschiedene Darstellungen des Mythos herausgesucht. Zum Beispiel hier: In *Beatleys bestialischem Bestiarium* wird Gorrum als eine *Insel unter dem Meer* beschrieben. Und das *Große Kompendium seltsamer Orte* beklagt *die hundert heimatlosen Seelen,* die in Gorrum gefangen gehalten werden und *nur darauf warten, befreit zu werden.«* Frau Kraft blickt auf. »Klingt ein bisschen anders als rastlose Seelen, die ein Geheimnis bewachen. Findet ihr nicht?«

Beatleys bestialisches Bestiarium XVII

»Aber das sind doch nur Mythen«, merkt Charlie an. »Also Geschichten, die sich Leute ausgedacht haben.«

»Schon«, sagt Frau Kraft. »Aber in jedem Mythos steckt auch ein Körnchen Wahrheit. Und wenn man nur die identischen Teile der verschiedenen Mythen betrachtet, also ihre Schnittmenge, kommt man der Wahrheit einen großen Schritt näher.«

»Und was ist die Schnittmenge beim Gorrum-Mythos?«, fragt Benno.

Frau Kraft zieht einen Zettel aus einem der Bücher und rückt ihre Brille zurecht. »Gorrum ist versunken«, liest sie vor. »Hundert gefangene Seelen bewachen einen wertvollen Schatz. Jeder, der sich ihm nähert, ist dem Tode geweiht.« Sie blickt auf. »Und sobald die Seelen befreit sind, fallen sie über das Diesseits her.«

Anton, Benno und Charlie starren Frau Kraft sprachlos an.

»Geister sind verschlagen und hinterhältig«, sagt sie. »Und sie können geduldig warten, bis sie ihre Chance bekommen. Deshalb sage ich, ihr müsst den Geist vernichten, wenn ihr ihn gefangen habt!«

KLIRR!!!

NOEK NOEK NOEK NOEK

»Der Alarm!«, ruft Benno. »Die Falle hat zugeschnappt!«

Sie hetzen über den Flur ins Arbeitszimmer. Vor der Geisterfalle liegen bunte Scherben auf dem Teppich.

»Mein Flakon!«, ruft Frau Kraft entsetzt. »Er hat meinen marokkanischen Flakon zerbrochen!«

»Darum geht es ihm also«, sagt Anton und betrachtet die Scherben.

»Die Falle arbeitet einwandfrei«, stellt Benno mit Blick auf die Digitalanzeige an der Oberseite des Ghost-Catchers fest. »Der Geist ist sicher verwahrt.«

Gemeinsam sehen sie durch die Panzerglasscheibe an der Vorderseite ins Innere der Falle. Der Geist hockt in der hintersten Ecke und wimmert vor sich hin.

»Sieht irgendwie kleiner aus als gestern«, sagt Charlie. »Und anders.«

»Ist ja auch ein Gestaltwandler«, erinnert ihn Anton und bugsiert ein paar Flakon-Scherben in einen Spezialbehälter. »Da spielen weder Größe noch Aussehen eine Rolle. Wandergeister können sich klein wie 'ne Mikrobe machen oder groß wie ein Hochhaus. Deshalb sind sie ja auch so gefährlich.«

»Sieht aber gar nicht gefährlich aus, mit dem Turban auf dem Kopf.« Charlie klopft gegen die Scheibe. Der Geist zuckt zusammen. »Sondern eher putzig.«

Er rappelt sich vom Boden auf. »Kommt, Jungs, lasst uns einpacken und dann gehen. Gönnen wir Frau Kraft ihre wohlverdiente Ruhe. Nach all dem Chaos.«

»Zehn, zwanzig, dreißig.« Frau Kraft blättert die Scheine auf den Küchentisch. »Und einen Fünfer obendrauf, weil ihr den Auftrag so schnell erledigt habt.« Sie lächelt.

Anton und Benno starren die Geldscheine an, als wären es Goldbarren.

»Irgendwas nicht in Ordnung?«, fragt Frau Kraft besorgt.

»Alles prima«, sagt Charlie rasch, nimmt die Scheine und

lässt sie geschickt in seiner Jackentasche verschwinden. »Also dann ...« Er steht auf.

»Dürfen wir die übrigen beiden Fallen morgen abholen?«, fragt Benno.

»Aber sicher, kein Problem«, sagt Frau Kraft und begleitet die Jungs bis zur Tür.

»Und denkt an meine Worte«, sagt sie zum Abschied. »Vernichtet den Geist. Ist besser für uns alle.«

24

Zurück in SpukNix-Castle schließt Benno die Falle ans Geistergefängnis Aura Inn an und öffnet die Schleuse: Fffffft! wird der Geist in Zelle eins gesaugt. Anton, Benno und Charlie betrachten ihren Gefangenen neugierig durch die Scheibe. Der Geist blickt sich hektisch um, flitzt von links nach rechts und von vorne nach hinten, stemmt sich gegen die Titan-Wände und wirft sich gegen die Panzerglasscheibe.

»Wie die Ratte im Labor«, murmelt Charlie. »Wird dem das nicht auf Dauer ein bisschen langweilig in diesem öden Kasten?«

»Das ist ein Geist«, sagt Anton und entnimmt einem schwarzen Etui eine lange dünne Nadel. »Die leben Jahrhunderte und sogar noch länger. Zeit hat für sie nicht die Bedeutung wie für uns. Für einen Geist ist ein Tag ungefähr so lang wie für uns eine Minute.« Er öffnet einen Saugverschluss an der Vorderseite der Zelle. »Abgesehen davon ... vielleicht hat Frau Kraft recht.«

»Du meinst, wir sollten ihn töten?«, fragt Benno.

»Einen Geist kann man nicht töten«, sagt Anton, während er die Nadel vorsichtig ins Innere der Zelle schiebt. Der Geist weicht erschrocken zurück. »Geister sind ja keine Lebewesen wie wir. Sie bestehen aus Energie. Und Energie kann man nur vernichten.«

»Und wie vernichtet man Energie?«, fragt Charlie.

»Mit Anti-Energie«, sagt Anton. »Negativer Energie. Ist wie bei Plus und Minus: Die positive Energie des Geistes wird durch die negative Energie ausgelöscht. Und zurück bleibt: nichts!« Er stößt die Nadel nach vorne. Aber der Geist weicht geschickt aus.

»Was machste denn eigentlich da?«, fragt Charlie.

»Äther absaugen«, sagt Anton und zielt erneut. »Damit kann man die Art des Geistes bestimmen.« Der Geist gerät immer mehr in Bedrängnis.

Charlie verzieht das Gesicht. »Tut das nicht weh?«

Anton schüttelt den Kopf. »Ist wie Blut abnehmen. Pikst ein wenig – und dann ist es auch schon vorbei. Achtung!«

Er sticht mit der Nadel zu.

AAAAAAAAAAAA!!!!!!!

Erschrocken zieht Anton die Nadel zurück.

»Bist du irre?«

»Das war doch nur ein kleiner Piks«, sagt Anton und sieht zu Benno. Aber der hat nichts gesagt.

»Kleiner Piks?«, schreit eine Stimme. »Ich zeig dir gleich, was ein kleiner Piks ist!«

Auch Charlie schüttelt den Kopf.

Die Jungs sehen zum Geist, der sich den Po reibt.

»Was glotzt ihr mich so an?«, blafft er. »Habt ihr noch nie einen Flaschengeist gesehn?«

25

OOOOOOOOOOH ...

Frau Kraft zuckt zusammen. War das ein Seufzen? Oder nur der Wind?

»Herr Schmidt?«

Keine Antwort. Außerdem seufzt Herr Schmidt nicht, sondern maunzt. Also war es doch der ...

OOOOOOOOOOH ...

Auch Wind stöhnt nicht! Da ist jemand in der Wohnung. Jemand, der ihr Angst machen will.

Frau Kraft steht auf und nimmt den Kris-Dolch von der Wand.

»Komm raus, du Lump!«, ruft sie und hält den Dolch in die Höhe. »Zeig dich, wenn du Mumm hast!«

Sie schleicht Richtung Tür – als sie aus den Augenwinkeln eine Bewegung wahrnimmt. Blitzschnell dreht sie sich um. Doch da ist niemand. Nur der leere Sessel, in dem sie eben noch gesessen hat. Und die Sulawesi-Karte an der ... Frau Kraft stutzt. Sie hat keine Sulawesi-Karte an der Wand. Und schon gar keine pechschwarze!

Die Karte bewegt sich, huscht wie ein Schatten an der

Wand entlang und löst sich dann aus ihr heraus. Frau Kraft hält den Atem an. Der Schatten verformt sich weiter, nimmt Gestalt an und schwebt auf sie zu. Nur Zentimeter von der alten Dame entfernt wird aus dem Schatten ein Mann mit leuchtend blauen Augen.

»Quakenbrück«, flüstert Frau Kraft und in ihren Augen spiegelt sich Furcht. Doch dann gewinnt ein anderes Gefühl Oberhand: Zorn.

»Was tust du hier?«, fragt die alte Dame scharf. »Und wo warst du die ganze Zeit?«

Quakenbrück antwortet nicht. Frau Kraft wird immer wütender. »Antworte endlich oder muss ich dir Beine machen?« Sie fuchtelt mit dem Dolch vor dem Gesicht des Professors herum. Quakenbrücks Miene verfinstert sich.

OOOOOOOOOH…

Doch Frau Kraft hat keine Angst mehr. Sie hebt den Dolch und stürzt sich auf die schwebende Gestalt. Ihre Überraschung ist groß, als sie durch Quakenbrück hindurchfällt.

26

Anton schiebt die Nadel mit der Ätherprobe in den Geisterlysator und schaltet ihn ein. »Gleich werden wir wissen, ob du wirklich ein Flaschengeist bist«, sagt er. Der Geist schwebt hinter der Panzerglasscheibe und beobachtet das Geschehen aufmerksam.

»Ich fasse zusammen«, sagt Benno. »Du bist ein orientalischer Flaschengeist, neunhundertdreizehn Jahre alt und lebst seit hundertzwanzig Jahren in diesem Flakon. Der war zuletzt im Besitz eines marokkanischen Geschäftsmannes, wurde gestohlen, verkauft und gelangte schließlich in den Besitz von Frau Kraft, die den Flakon mit nach Hamburg nahm. Dein vollständiger Name lautet ...« Benno liest vom Blatt Papier in seiner Hand ab. »Hadschi Abdul Omar Ben Ali Abdul Abbas Ibn Hamid Mahmud Khalid Samsilabum der Dritte.«

»Bam«, korrigiert der Flaschengeist.

»Bam?«

»Bam.«

»Also Samsulabam?«

»Silabam. Nicht Sulabam.«

»Silabambum? Oder Bamsulabim?«

»Samsilabam, nicht Bumsilabam. Außerdem reicht auch Omar.«

»Schluss jetzt!«, beendet Charlie das Wortgefecht. »Mir doch egal, ob du Silabam oder Sulabim heißt. Ich will jetzt wissen, wieso du dich in all den Jahren Frau Kraft nicht gezeigt hast?«

»Weil ich meine Ruhe haben wollte«, sagt Omar. »Ich hatte keine Lust mehr, den Leuten ihre langweiligen Wünsche zu erfüllen: ein neuer Fernseher, ein größeres Auto, eine schönere Garageneinfahrt ... wenn ihr wüsstet, wie öde Wünsche erfüllen sein kann.« Omar seufzt. »Ich wurde vielleicht als Flaschengeist geboren, aber ich habe mich nie wie einer gefühlt. Deshalb war ich auch überglücklich, als ich zu der Alten ins Arbeitszimmer kam. Sie wusste nicht, dass ich in dem Flakon wohne. Nur ihr Kater ahnte was und schnüffelte manchmal neugierig herum. Aber im Großen und Ganzen hatte ich meine Ruhe, bis ...« Omars Blick verfinstert sich. »Bis der andere kam«, flüstert er mit unheilvoller Stimme. »Das war vor ein paar Tagen. Ich schlummerte gerade vor mich hin, als ich plötzlich spürte, wie das Raum-Zeit-Gefüge durcheinandergeriet.«

»Das was?«, fragt Charlie.

»Das Raum-Zeit-Gefüge hält die Dinge in Ordnung«, erklärt Omar. »Es sorgt dafür, dass die Zukunft bleibt, wo sie ist, und sich nicht mit der Vergangenheit vermischt. Kurz gesagt sorgt es also dafür, dass sich die Dinge so verhalten, wie man es von ihnen erwartet. Wenn ich einen Ball loslasse, fällt er runter und nicht rauf. In dieser Nacht aber verhielt sich nichts mehr so, wie es sein sollte: Die Luft flirrte und die Konturen der Gegenstände verschwammen.

Es wurde sehr heiß und dann ...« Omar schluckt. »Dann hatte ich das eigenartige Gefühl, zwar in der Gegenwart zu sein, aber die Zukunft zu spüren. Ich sah zur Tür und wusste, dass sie sich jeden Moment öffnen würde. Und als sie es tat ...«

»Ja?«, fragt Benno, der die Spannung kaum noch aushält.

»Da schwebte der furchtbarste und widerwärtigste Wandergeist herein, den ich je gesehen habe.« Omar schüttelt sich. »Stundenlang durchsuchte er die Wohnung, Zimmer für Zimmer. Es war furchtbar.«

»Du lügst!«

Charlies Worte durchdringen die Luft wie ein Schwert. »Die Ordnung der Dinge, vibrierende Luft ... das ist doch alles Blödsinn!«

»Ach ja?«, sagt Omar und verschränkt die Arme vor der Brust. »Und warum sollte ich lügen?«

»Weil du gar kein Flaschengeist bist«, sagt Charlie abfällig. »Du hast weder im Flakon gewohnt, noch bist du neunhundert Jahre alt.«

PLING!

... meldet sich der Geisterlysator mit dem Ergebnis. Aber Charlie ist nicht mehr zu bremsen.

»Stattdessen bist du es, der seit Tagen bei Frau Kraft sein Unwesen treibt. Hast die Wohnung auf den Kopf gestellt ...«

»Äh, Charlie«, sagt Anton und sieht mit Sorge auf den Zettel, den das Analysegerät ausgespuckt hat.

»... und bist uns schließlich in die Falle gegangen. Weil du vor dem Hirscheber Angst hattest ...«

»Charlie«, wiederholt Anton.

»... und jetzt willst du uns dazu bringen, dich aus dem Gefängnis zu lassen, damit du weitersuchen kannst. Genau das ist dein Plan! Stimmt's oder hab ich recht?«

»Charlie, ich ...«

»Was denn, verdammt noch mal!«, brüllt Charlie und funkelt Anton wütend an.

»Der Geisterlysator hat das Ergebnis der Ätherprobe ausgespuckt«, erklärt Anton. »Mit neunundneunzig-Komma-neunundneunzig-prozentiger Sicherheit handelt es sich bei Omar um einen Flaschengeist.« Er zuckt entschuldigend die Achseln. »Wir haben den falschen Geist gefangen.«

NOEK NOEK NOEK NOEK

»Der Geisteralarm!«, ruft Benno aus.

»Ja, haste nicht gesehn,
ich wollte mit dir gehn ...«

Charlie reißt das Smartphone ans Ohr.

»Ja?«

»Kraft hier«, ruft eine aufgeregte Stimme. »Der Geist! Er ist immer noch da!«

27

Als Anton, Benno und Charlie die Wohnung von Frau Kraft erreichen, ist die alte Dame immer noch ganz außer sich.

»Der Geist hatte die Gestalt von Professor Quakenbrück«, berichtet sie aufgewühlt. »Ich bin auf ihn losgegangen – und durch ihn hindurchgestürzt. Da wurde mir klar, dass es sich um den Geist handelt. Er hat die Tür von innen verschlossen und im Arbeitszimmer gewütet. Da habe ich euch angerufen.«

»Wo ist die Falle? Sitzt er drin?«, fragt Charlie und krempelt die Ärmel hoch.

Frau Kraft schüttelt den Kopf. »Nein, in die Falle ist er nicht geraten.«

Charlie zieht die Stirn kraus. »Wieso ist dann der Alarm ausgelöst worden?«

»Vielleicht eine Fehlfunktion«, vermutet Benno.

»Was ist dann passiert?«, fragt Anton die alte Dame.

»Gleich nachdem ich aufgelegt hatte, riss der Geist die Tür auf und sauste aus der Wohnung«, fährt Frau Kraft fort. »Offenbar hat er endlich gefunden, wonach er so lange gesucht hat. Und das hier …« Sie stößt die Tür zum Arbeitszimmer auf. »… hat er hinterlassen.«

Die Ghostfighter starren sprachlos auf die Verwüstung. Sämtliche Schubladen sind aus dem Insektenschrank gerissen, der Inhalt liegt über den Boden verstreut. Der Teppich ist zurückgeschlagen und die Holzdielen wurden brutal aus dem Boden gerissen. Die Regale sind leer gefegt, der große Arbeitstisch umgeworfen und die Sulawesi-Karte in kleine Fetzen gerissen.

»Der hat aber ganze Arbeit geleistet«, murmelt Anton und schreitet durch das Chaos. »Wonach hat er bloß gesucht?«

»Unwichtig«, sagt Frau Kraft. »Denn er ist bestimmt schon über alle Berge und auf dem Weg nach Sulawesi. Hat er sich erst mal im dichten Dschungel versteckt, ist es vorbei: Dort hat niemand mehr eine Chance, ihn zu finden.« Frau Kraft seufzt tief. »Die Arbeit von zehn Jahren Forschung ist zerstört. Damit ist Gorrum endgültig unerreichbar geworden.« Charlie tätschelt ihr tröstend den Arm.

Benno betrachtet die Falle. »Äußerlich ist sie in Ordnung«, sagt er. »Die Elektronik kann ich aber nur in SpukNix-Castle überprüfen.«

Anton schiebt den Fuß durch einen Schuttberg. Ein hübsch verziertes Kästchen kommt zum Vorschein. Anton hebt es hoch.

»Das jedenfalls ist heil geblieben«, sagt er und reicht es Frau Kraft.

»Das Jade-Kästchen!«, ruft die alte Dame erleichtert aus und öffnet den Deckel. Ihr Blick verfinstert sich. »Der Schlüssel! Er ist weg!«

»Was für ein Schlüssel?«, fragt Benno.

»Der Schlüssel nach Gorrum!«

28

Hier is' er«, sagt der Geist und wirft dem Silberbart etwas zu.

Ungläubig starrt der alte Mann auf den Schlüssel in seiner Hand. Und dann, nach endlosen Sekunden absoluter Stille, beginnt er zu lachen. Laut. Und befreit.

Nach all den Jahren ist er endlich am Ziel. Fast hätte er schon nicht mehr damit gerechnet. Doch nun hält er den Schlüssel in der Hand. Und die letzte Phase seines Plans kann beginnen.

Silberbart reibt sich die Hände.

29

Ich habe das Kästchen im Dschungel von Sulawesi gefunden«, berichtet Frau Kraft. »Am Tag, als Quakenbrück verschwand. Kurz zuvor hatten wir eine verlassene Siedlung entdeckt. Und in einer der Hütten fand ich das Kästchen. Es lag in einer Art Schrein, der mit Blumen, Federn und Tierknochen geschmückt war. Unter ihm lag ein Stück Baumrinde, in das Zeichen geritzt waren. Sie deuteten auf einen geheimen Ort tief im Dschungel hin.«

»Gorrum«, murmelt Benno. Frau Kraft nickt.

»Ich öffnete das Kästchen und fand in ihm den Schlüssel. Natürlich wollte ich sofort Quakenbrück davon berichten. Doch als ich aus der Hütte kam, war er verschwunden. Zuerst dachte ich, er sei mal kurz in den Busch gegangen, für kleine Jungs oder so. Doch als er auch Stunden später nicht auftauchte, dämmerte mir langsam, dass etwas nicht stimmte. Die Nacht brach ein, dann kam der nächste Morgen. Noch einmal suchte ich das gesamte Gebiet ab. Dann kehrte ich in unser Lager zurück. Doch auch dort gab es keine Spur von ihm. Professor Quakenbrück war wie vom Erdboden verschluckt. Und blieb es auch.« Sie seufzt. »Viele Wochen suchte ich nach ihm. Und hoffte, dass er vielleicht Gorrum gefunden hatte. In meinen Träumen sah ich uns gemeinsam das Geheimnis lüften.« Frau Kraft lässt den Kopf hängen. »Doch ich fand nichts. Weder Gorrum noch Quakenbrück. So kehrte ich schließlich nach Hamburg zurück.«

Sie verstummt. Stille breitet sich aus. Nur das Ticken der alten Standuhr ist zu hören.

Charlie findet als Erster die Worte wieder. »Und was machen wir jetzt?«, fragt er.

»Nichts«, antwortet Benno. »Der Geist ist bestimmt schon über alle Berge. Schließlich hat er gefunden, was er gesucht hat. Also ist seine Mission hier in Hamburg beendet.«

»Und wir haben keine Chance mehr, ihn zu schnappen«, seufzt Charlie und zieht einige Geldscheine aus seiner Jackentasche. »Tut mir leid, dass wir Ihnen nicht helfen konnten«, sagt er und reicht Frau Kraft die Scheine. »Und dafür müssen Sie natürlich auch nicht bezahlen.«

Die alte Dame winkt ab. »Behaltet es, in gewisser Weise habt ihr euren Job ja erledigt: Ihr solltet den Geist vertreiben und nun ist er tatsächlich fort. Dass er den Schlüssel mitgenommen hat, dafür könnt ihr ja nichts. Nur eine Bitte habe ich: Macht keine große Sache draus. Erzählt am besten niemandem davon. Ist vielleicht besser für uns alle.«

30

Niedergeschlagen trotten die drei Ghostfighter die dunkle Straße entlang.

»Ich versteh einfach nicht, wie der Kerl das hingekriegt hat«, murrt Charlie. »Wie konnte der Geist uns austricksen?«

»Er muss uns beim Fallenaufstellen beobachtet haben«, sagt Anton. »Deshalb wusste er, was wir vorhaben, und hat erst einmal den Flaschengeist aus seinem Versteck gescheucht und in die Falle gejagt. Damit war ein Weg frei für ihn – und er konnte zuschlagen.«

»Er wusste also über jeden unserer Schritte Bescheid«, sagt Benno und sieht sich um. »Vielleicht sollten wir uns nicht gerade mitten auf der Straße darüber unterhalten?«

»Die müssen uns nicht mehr belauschen«, stellt Anton nüchtern fest. »Sie haben ja jetzt, was sie wollten: den Schlüssel nach Gorrum.«

Benno runzelt die Stirn. »Wieso sagst du *sie?*«

»Weil der Wandergeist mindestens einen Komplizen hat«, sagt Anton.

»Den kleinen Dicken aus dem Antiquariat«, fügt Charlie nickend hinzu. »Aber was wollen sie mit einem Schlüssel?«

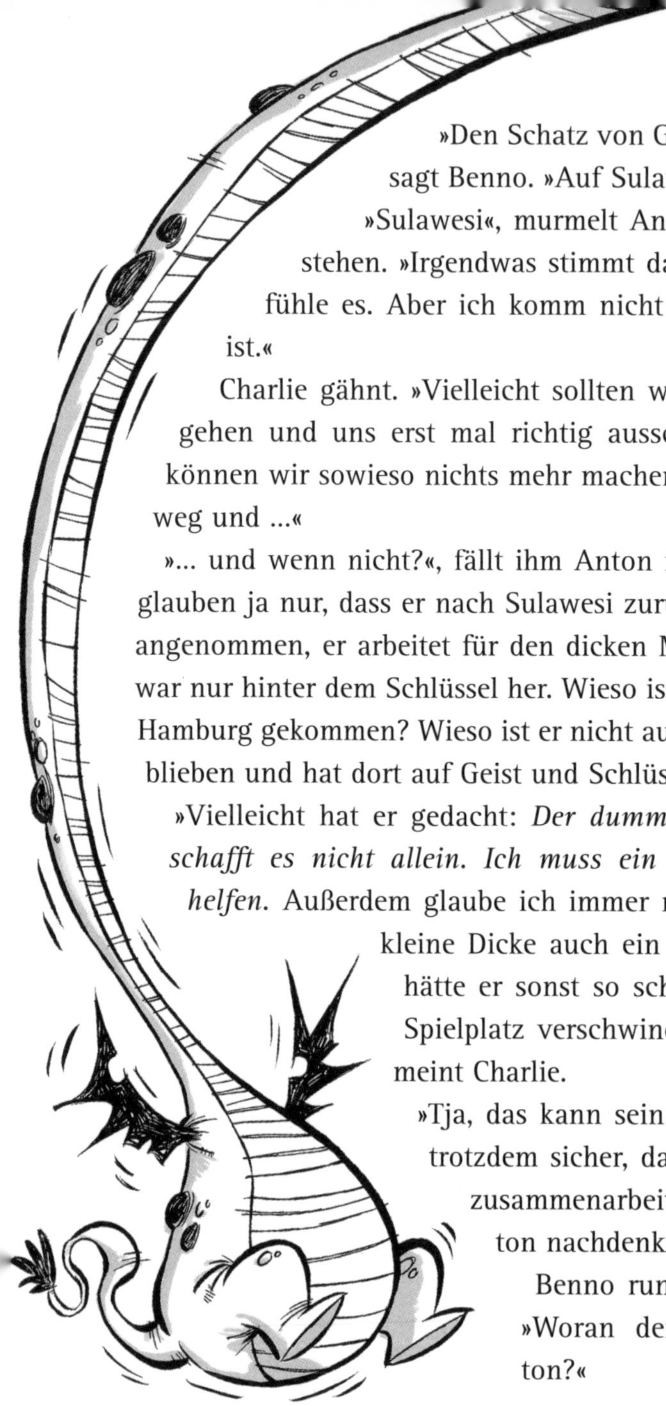

»Den Schatz von Gorrum heben«, sagt Benno. »Auf Sulawesi!«

»Sulawesi«, murmelt Anton und bleibt stehen. »Irgendwas stimmt damit nicht. Ich fühle es. Aber ich komm nicht drauf, was es ist.«

Charlie gähnt. »Vielleicht sollten wir nach Hause gehen und uns erst mal richtig ausschlafen. Heute können wir sowieso nichts mehr machen. Der Geist ist weg und ...«

»... und wenn nicht?«, fällt ihm Anton ins Wort. »Wir glauben ja nur, dass er nach Sulawesi zurückkehrt. Aber angenommen, er arbeitet für den dicken Mann, und der war nur hinter dem Schlüssel her. Wieso ist er dann nach Hamburg gekommen? Wieso ist er nicht auf Sulawesi geblieben und hat dort auf Geist und Schlüssel gewartet?«

»Vielleicht hat er gedacht: *Der dumme Wandergeist schafft es nicht allein. Ich muss ein bisschen mithelfen.* Außerdem glaube ich immer noch, dass der kleine Dicke auch ein Geist ist. Wie hätte er sonst so schnell von dem Spielplatz verschwinden können?«, meint Charlie.

»Tja, das kann sein. Aber ich bin trotzdem sicher, dass da mehrere zusammenarbeiten«, fügt Anton nachdenklich hinzu.

Benno runzelt die Stirn. »Woran denkst du, Anton?«

»Ich habe so ein komisches Gefühl. Und das hängt irgendwie mit dieser Karte zusammen, die ich gestern im Museum gesehen habe. Die Karte vom Hamburger Hafen. Je länger ich darüber nachdenke, desto sicherer bin ich mir, dass sie irgendeine Ähnlichkeit mit der Sulawesi-Karte von Frau Kraft hat. Zwischen ihnen gibt es einen Zusammenhang. Und der bringt uns vielleicht auf die richtige Spur.«

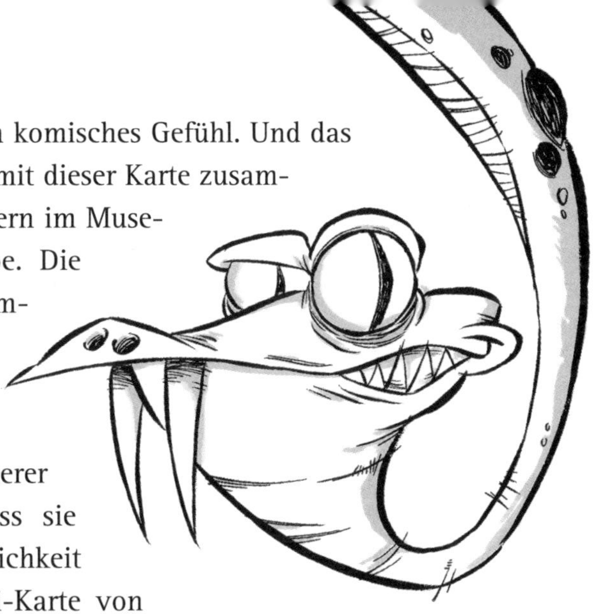

»Dann müssen wir morgen früh sofort ins Museum«, sagt Charlie.

»Da könnte es schon zu spät sein«, wendet Anton ein. »Der Geist und der Dicke haben schließlich, was sie wollen. Sie werden nicht damit warten, den Schlüssel einzusetzen. Vielleicht ist der Mythos ja wirklich wahr und sie wollen Hunderte untoter Seelen aus ihrer Gefangenschaft befreien. Wenn die alle über Hamburg oder die ganze Welt herfallen, war's das. Wir sind die Einzigen, die das verhindern können, und deshalb müssen wir schnell handeln. Sofort!«

»Und was sollen wir machen?«

»Ich muss ins Museum«, sagt Anton. »Ich muss die Karte sehen. Vielleicht verstehe ich dann, was es damit auf sich hat.« Er sieht zu Charlie. »Du musst mir helfen hineinzukommen.«

»Nicht so einfach«, murmelt Charlie. »Aber machbar!«

»Und du musst nach SpukNix-Castle und die Falle in Ordnung bringen«, sagt Anton zu Benno. »Falls wir noch einmal auf den Geist stoßen, ist das vielleicht unsere letzte Chance. Die Falle muss dann einwandfrei funktionieren!«

Benno nickt. »Okay.«

»Sobald Charlie und ich im Museum fertig sind, kommen wir auch nach SpukNix-Castle. Dann wissen wir hoffentlich mehr. Alles klar?«

»Alles klar«, sagt Charlie.

»Ghostfighter-Gruß!«, sagt Benno und streckt seine rechte Hand vor.

»Ghostfighter-Gruß?«, fragt Charlie.

»Hab ich mir ausgedacht«, erklärt Benno. »Stärkt das Gemeinschaftsgefühl. Haben alle guten Teams.«

»Na, dann lass mal hören«, sagt Anton und er und Charlie legen ihre Hände auf Bennos.

Benno räuspert sich – und legt los:

»Yo, Man, yo! Ich rap
dir gleich den Äther weg.
Bist du feige, haust du ab,
bist du mutig, komm herab
und stelle dich dem Kampf!
Ghostfighter machen Dampf!«

Charlie grinst und haut Benno auf die Schulter. »Na, dann kann ja nichts mehr schiefgehen. Auf geht's Leute!«

»Viel Glück im Museum«, ruft Benno, schwingt sich auf sein Fahrrad und fährt durch die Dunkelheit davon.

31

Das Museum Alte Werft liegt am Hafenkai wie ein lauernder Drache. Neonröhren glimmen wie funkelnde Augen an der Fassade des lang gestreckten Gebäudes, doch sie spenden nicht genug Licht, um die Anlage ausreichend zu beleuchten. Die Straßen sind menschenleer, auf der Elbe hinter dem Museum zieht ein Containerschiff gemächlich vorüber. Es herrscht eine seltsam angespannte Stille; als liege etwas in der Luft, das jeden Augenblick explodieren kann.

Anton und Charlie hasten geduckt zur Rückseite des Museums, wo eine Metallleiter mehr als zehn Meter bis hinauf auf das Flachdach des Gebäudes führt. Ein eisernes Tor sichert den Zugang zum Gelände, Stahlspitzen an der oberen Kante sollen Einbrecher abschrecken.

Charlie rüttelt probehalber am Tor. »Das ist zu«, murmelt er und sieht hinauf zum Dach. »Aber wir müssen da rauf. Wüsste nicht, wie wir sonst ins Gebäude kommen sollen. Auf dem Dach gibt es vielleicht ein offenes Fenster oder eine Luke, durch die man ins Museum kommt.«

»Aber wie sollen wir das Tor aufbekommen?«, fragt Anton.

Charlie denkt nach. »Gar nicht«, sagt er schließlich. »Wir klettern rüber. Beziehungsweise: Du kletterst rüber. Und ich helfe dir dabei.«

Anton zieht die Stirn kraus. »Und wie komm ich wieder raus? Auf der anderen Seite bin ich ja allein, wenn du hierbleibst.«

»Du nimmst den Haupteingang«, sagt Charlie. »Wenn du mit deinen Nachforschungen fertig bist, versteckst du dich irgendwo im Museum und wartest bis morgen früh. Wenn das Museum wieder öffnet, kommst du aus deinem Versteck und tust so, als wärst du ein normaler Besucher.«

»Und wenn ich etwas herausfinde? Einen Hinweis auf den Geist und darauf, was er vorhat?«

»Dann rufst du mich an. Und Benno und ich schlagen zu.«

Anton sieht unschlüssig zum Dach hinauf.

»Ich könnt's verstehn, wenn du unter diesen Umständen lieber nicht da reinwillst«, sagt Charlie.

»Ich muss aber«, sagt Anton und atmet tief durch. »Wir haben einen Auftrag. Und der ist noch nicht abgeschlossen. Also los!«

32

In SpukNix-Castle geht Benno sofort ins Ghost-Net GHONT.

Der GHONT-Chat ist nun eröffnet

erscheint auf dem Bildschirm. Benno bearbeitet die Tastatur.

Hallo Professor? Sind Sie da?

flackert seine Frage am unteren Bildschirmrand auf. Nervös wartet Benno auf eine Antwort. Doch es kommt keine. Benno versucht es erneut.

Professor von Immensee, wenn Sie irgendwo da draußen sind, melden Sie sich bitte. Ich könnte jetzt wirklich Ihre Hilfe gebrauchen.

Er schickt die Nachricht ab und wartet. Doch auch diesmal kommt keine Antwort.

Geduld, ermahnt sich Benno. *Vielleicht ist er gerade beschäftigt. Oder gar nicht zu Hause. Ich warte ab. Und überprüfe solange die Falle.*

Benno nimmt sich die Falle vor, die den Fehlalarm ausgelöst hat, und betrachtet sie eingehend von allen Seiten. Rein äußerlich macht sie einen tadellosen Eindruck. Auch die Einstellungen an der Oberseite sind korrekt: Äthergehalt, Schwarze-Materie-Konzentration, Quantenfluktuation ... sieht alles gut aus.

Benno nimmt ein Vergrößerungsglas zur Hand und inspiziert das Innere der Falle. In der hinteren rechten Ecke ist etwas.

Sieht aus wie eine Flüssigkeit, denkt Benno und greift nach einem Wattestäbchen. Er nimmt eine Probe und betrachtet den durchsichtigen Schleim am Wattebausch durch das Vergrößerungsglas. *Glitamin ist es schon mal nicht. Aber was dann?*

TOCK! TOCK! TOCK!

Benno hebt den Kopf. Im Aura Inn klopft Omar gegen die Scheibe seiner Zelle und gibt Benno ein Zeichen mit der Hand, dass er mit ihm reden will.

»Jetzt nicht«, murmelt Benno. »Ich hab zu tun.«

Er widmet sich wieder dem Schleim am Wattestäbchen. Professor von Immensee wüsste bestimmt, worum es sich dabei handelt. Benno wirft einen Blick zum Bildschirm. Aber seine Chat-Anfrage ist noch immer unbeantwortet.

Vielleicht finde ich was im Netz, denkt er. *Irgendeinen Hinweis im Ghost-Net.*

Er öffnet ein neues Fenster in seinem Browser und beginnt zu recherchieren.

33

Anton balanciert auf Charlies Schultern und streckt die Hand nach der Oberseite des Tores aus.

»Noch ein bisschen höher«, sagt er. »Nur ein paar Zentimeter.«

Ächzend drückt sich Charlie auf die Fußballen hoch. Anton schiebt seine Hände zwischen zwei Stahlspitzen.

»Ich hab's!«, ruft er. »Ich hab das Gitter und ...«

Charlie wankt. Anton verliert das Gleichgewicht, rutscht ab und die Jungs fallen übereinander wie die Kegel beim Bowling.

»So geht das nicht«, seufzt Charlie und setzt sich auf. »Selbst wenn du dich oben festhalten kannst, schaffst du es nicht, dich raufzuziehen.«

»Ich muss da aber irgendwie rüber«, beharrt Anton.

»Hm, vielleicht geht es auch anders«, überlegt Charlie und betrachtet das Tor. »Aber dafür musst du alles auf eine Karte setzen! Wenn ich *spring* rufe, musst du dich mit so viel Kraft wie möglich von mir abstoßen und springen. Und nicht an die Stahlspitzen denken. Okay?«

Anton nickt.

»Dann los.«

Charlie geht vor dem Tor in die Hocke und Anton steigt auf seine Schultern. Dann schiebt Charlie ihn langsam nach oben.

»Jetzt wird's wackelig«, ächzt Charlie und schiebt seine Hände unter Antons Schuhe. »Bei drei hiev ich dich hoch und geb dir Schwung. Und du musst springen. Alles klar?«

»Alles klar!«

»Also dann: eins …«

Antons Herz pocht. Und wenn er es nicht schafft? Dann fällt er mit seinem ganzen Gewicht in die Stahlspitzen! Keine schöne Vorstellung.

»Zwei …« Anton spannt die Muskeln an.

»Und drei!« Charlie holt Schwung und schiebt Anton gleichzeitig mit den Armen nach oben. Anton nimmt den Schwung auf und stößt sich ab. Wie im Traum sieht er sich selber über das Tor fliegen, haarscharf an den Stahlspitzen vorbei. Dann folgt der Sturz nach unten. Dann der Aufprall. Hart! Anton rollt sich ab. Bleibt benommen liegen.

»Anton!«, ruft Charlie besorgt.

»Alles klar«, sagt Anton und rappelt sich auf. Er sieht an sich hinab. Scheint noch alles dran zu sein. Dann grinst er zu Charlie auf der anderen Seite des Tores. »Geschafft«, ruft er glücklich.

»Dann los jetzt, die Leiter rauf und ins Museum«, spornt Charlie seinen Freund an. »Ich geh nach SpukNix-Castle und helfe Benno.«

»Sobald ich drin bin und etwas gefunden habe, melde ich mich«, sagt Anton.

»Hals- und Beinbruch«, wünscht Charlie und tippt sich mit dem Finger an die Stirn.

Anton wendet sich ab und sprintet auf die Leiter zu. Charlie wartet, bis er sie ganz hinaufgestiegen und auf dem Dach verschwunden ist. Dann macht auch er sich auf den Weg.

34

Nichts. Weder in den Foren von *Hä?* noch im Ghost-Net. Keine Hinweise auf den Schleim, nichts über die korrekte Kalibrierung von Geisterfallen. Benno sieht zum Bildschirm. Seine Frage an von Immensee blinkt noch immer unbeantwortet am unteren Bildschirmrand.

Benno beginnt, sich Sorgen zu machen. Bei ihrem letzten Chat war der Professor aufgebracht, und kurz bevor die Verbindung unterbrochen wurde, hatte es sich so angehört, als habe er Benno warnen wollen.

Hoffentlich ist ihm nichts zugestoßen, denkt Benno.

TOCK! TOCK! TOCK!

Schon wieder dieser Omar! Benno hört gar nicht hin, sondern widmet sich weiter der Suche im Internet.

TOCK! TOCK! TOCK!

Irgendwo muss doch etwas stehen ...

TOCK! TOCK!

KRK!

Krk? Benno sieht auf. Omar lehnt an der Scheibe der Geisterzelle und starrt Benno mit weit aufgerissenen Augen an.

»Was ist los?«, fragt Benno. Doch dann fällt ihm ein, dass er die Kommunikationsverbindung abgestellt hat. Er betätigt einen Schalter auf der Konsole neben sich. Es knackt in der Leitung.

»Ich bin beschäftigt«, faucht Benno den Geist an. »Also sag, was du willst, und lass mich dann gefälligst weiterarbeiten!«

Doch statt einer Antwort ertönt nur ein schwaches Röcheln. Dann bricht Omar zusammen.

Benno springt auf und hastet zum Aura Inn. Omar liegt hechelnd am Boden, sein Gesicht ist blau angelaufen und aus seinen Ohren rinnt eine durchsichtige Flüssigkeit.

»Verdammt! Was ist los?«, ruft Benno aus und betätigt den Schalter zum Öffnen der Zelle.

35

Anton springt von der Leiter aufs Dach direkt in die Hocke. Er sieht sich nach allen Seiten um, aber es ist niemand zu sehen. Rasch huscht er zu einem Aufbau in der Mitte des Daches, in dem sich eine Tür befindet. Ein kurzer Check der Türklinke – abgeschlossen. War ja klar! Gebückt huscht Anton weiter zu einer im Dach eingelassenen Fensterebene. Anton krallt die Fingernägel unter eine der Scheiben und versucht, sie anzuheben. Aber sie bewegt sich keinen Millimeter.

Und nun? Anton lässt den Blick über das Dach schweifen. Weiter hinten ragt ein rechtwinkelig abgeknicktes Rohr aus dem Dach heraus. Anton schleicht hin und sieht hinein. Warme Luft strömt ihm entgegen.

Könnte der Lüftungs*schacht sein,* denkt Anton. *Wenn ich es schaffe, mich langsam an der Innenseite herunterzulassen, müsste ich eigentlich irgendwo im Museum wieder rauskommen.*

Anton prüft den Durchmesser des Rohres. Hineinpassen würde er. Und mit den Gummisohlen seiner Schuhe könnte er sich am Metall abstützen. Anton packt den oberen Rand des Rohres und schwingt sich mit den Füßen voran hinein.

Nach einem Meter knickt das Rohr ab und führt senkrecht in die Tiefe.

Langsam vortasten, ermahnt sich Anton. Die Gummisohlen halten seinem Gewicht stand. Mit dem Rücken an der gegenüberliegenden Seite des Rohres lässt er sich Schritt für Schritt den Schacht hinabgleiten.

36

Omar sitzt benommen auf dem Schreibtisch und tupft sich mit einem Taschentuch die Ohren trocken.

»Alles in Ordnung?«, fragt Benno besorgt.

»Geht schon«, murmelt der Flaschengeist. »Muss nur mein Gleichgewicht wiederfinden.« Er schüttelt den Kopf.

»Tut mir wirklich leid«, sagt Benno. »Wir wollten dir nicht wehtun.«

»Dann solltet ihr eure Gefängniseinstellungen checken«, sagt Omar. »Der Äthergehalt ist zu hoch, die Quantenfluktuation gedrosselt und die Schwarze-Materie-Konzentration eine Katastrophe.«

»Die Einstellungen sind eine Schätzung«, gibt Benno zu. »Du bist der erste Gast, der das Gefängnis in der Praxis erprobt.«

»Als Gast hätte ich wenigstens erwartet, nicht an Chrosulmin-Mangel einzugehen.«

»Chrosulmin?«, fragt Benno.

»Chrom-Sulfat-Mineral«, antwortet Omar. »Willst du damit sagen, du kennst das nicht?«

Benno schüttelt den Kopf.

»Und dann sperrst du Geister ein?« Die Empörung ist

Omar deutlich anzuhören. »Chrosulmin ist unser Lebenssaft, so wie für euch Menschen der Sauerstoff. Schließt man einen Menschen in einen Raum ein und lässt keinen Sauerstoff mehr herein, merkt er das auch nicht gleich, sondern wird erst schläfrig, dann bewusstlos und stirbt schließlich. Bei uns Geistern ist es das Gleiche mit Chrosulmin. Ohne Chrosulmin halten wir nicht lange durch.«

»Und was ist das für ein Schleim, der aus deinem Ohr getropft ist?«

»Chrosulmin-Sekret«, sagt Omar. »So 'ne Art Geisterschweiß. Den verlieren wir, wenn wir gestresst sind. Ein bisschen bleibt auch immer übrig, wenn wir irgendwo hindurchgehen. Weil das Durchdringen von Materie immer auch aufregend ist. Wann immer du Chro-Sek findest, kannst du sicher sein, dass ein Geist in der Nähe war.«

37

Stück für Stück lässt sich Anton den Schacht hinunter. Unter ihm leuchtet ein schwaches Licht: Das Museum! Hoffnung keimt in Anton auf.

SCH!

Anton stoppt. Was war das? Der Wind? Klang irgendwie anders. Aber vielleicht hat er sich auch nur getäuscht. Besser, er kommt so schnell wie möglich unten an. Anton klettert weiter.

SCH!

Da! Wieder! Wind ist das nicht. Antons Gedanken rotieren. Das Rohr mündet vermutlich in einem der Museumsräume. Nicht ausgeschlossen, dass dort ein Wärter seine Runden dreht. Aber womit sollte der dieses Geräusch erzeugen? Anton lauscht.

SCH!

Jetzt erkennt er das Geräusch. Er hat es schon einmal gehört. Bei Frau Kraft, als der Geist durch ihn hindurchgefahren ist. Na klar, wenn die Karte im Museum wirklich etwas mit dem Geist zu tun hat, dann ist das Museum vielleicht auch sein geheimer Rückzugsort. Und jetzt hat er Anton bemerkt und macht Jagd auf ihn!

Na, super! Anton bekommt feuchte Hände. Eingezwängt in einen Luftschacht und von einem Geist verfolgt, ist nicht besonders witzig. Was nun? Wieder nach oben?

Klick

Anton stutzt. Das wiederum klingt überhaupt nicht nach Geist. Sondern nach etwas Elektrischem. Aber welches Gerät sollte mitten in der Nacht ...

Surrrrrr...

Der Ventilator! Na klar! Immerhin ist das hier ja ein Lüftungsschacht. Und Anton steckt mittendrin. Er sieht hinab. Der Lichtfleck am Ende des Rohres beginnt zu flackern. Immer schneller. Und das Dröhnen wird immer lauter. Dann erreicht ihn ein ordentlicher Schwall warmer Wind und bläst Antons Haare nach oben. Anton reißt die Augen auf.

Das war's dann wohl!

38

Charlie biegt um die Ecke des Museums und bleibt wie erstarrt stehen. Etwa fünfzig Meter vor ihm löst sich ein Schatten aus der Häuserwand und huscht Richtung Straße. Unter einer Laterne verharrt er plötzlich und dreht sich um. Als das matte Licht der Straßenlampe auf sein Gesicht fällt, erkennt Charlie den nächtlichen Spaziergänger: »Der Dicke aus dem Antiquariat!«

Der Mann huscht weiter. Charlie nimmt die Verfolgung auf.

39

Antons Muskeln sind zum Zerreißen angespannt, Schweiß rinnt über sein Gesicht. Unter ihm läuft der Ventilator auf Hochtouren.

Keine Panik, ermahnt sich Anton. *Nicht die Kontrolle verlieren. Irgendwann wird dieses Ding auch wieder aufhören und dann …*

Quietsch.

Anton erstarrt.

Quietsch.

Seine Schuhe!

Quietsch.

Sie rutschen ab!

Quietsch.

Anton spannt die Beinmuskeln an und presst seinen Rücken fester gegen das Metall.

Quietsch.

Nützt nichts. Er rutscht weiter. Stück für Stück.

Quietsch. Quietsch. Quiiiiiiiiietsch!

Immer schneller geht's nach unten. Ganz egal, wie kräftig sich Anton gegen das Metall drückt.

Quiiiiiietsch! Quiiiiiiiietsch! Quietsch!

Das flackernde Licht kommt näher. Der Wind wird stärker. Nur noch wenige Meter trennen Anton von den rotierenden Säbeln des Ventilators. Wenn er da reinfällt, kommt er auf der anderen Seite niemals in einem Stück wieder heraus. Anton gibt alles ...

Quiiiiiiiiietsch.

... beißt die Zähne zusammen ...

Quietsch ... Quietsch ...

... und spürt, wie ihn die Kräfte verlassen ...

Quietsch ... Quietsch ... Quietsch ...

Anton gibt nach.

Klack.

Er fällt! Und landet weich! Es dauert eine Weile, bis Anton begreift, dass er noch am Leben ist. Dann öffnet er die Augen und starrt zur Decke hoch, wo der gewaltige Ventilator noch eine lahme Runde dreht und dann stehen bleibt.

Abgeschaltet, schießt es Anton durch den Kopf. *Wahrscheinlich per Zeitschaltuhr. Und keine Sekunde zu spät!*

Er rappelt sich auf. Ein paar Strohballen haben seinen Sturz abgefangen. Sie gehören zu einem Objekt der Ausstellung *Der Hamburger Hafen und seine Geheimnisse.* Anton hat sie gestern gesehen, als er mit der AG-Gruppe im Museum war.

Er dreht sich um und sieht den Durchgang zum nächsten Raum. Da ist sie: die Karte! Ein breites Grinsen macht sich auf Antons Gesicht breit. Er hat es geschafft!

40

Charlie folgt dem Dicken durch dunkle Straßen und enge Gassen. Trotz seines beträchtlichen Bauchumfangs ist er verdammt schnell und Charlie hat Mühe, nicht den Anschluss zu verlieren. Als der Dicke in eine Seitenstraße biegt, sprintet Charlie im Eiltempo hinterher, um im letzten Moment abzubremsen und dann vorsichtig um die Ecke zu spähen. Dann reißt er erstaunt die Augen auf: Die Straße ist eine Sackgasse. Nach wenigen Metern endet sie an einer massiven Mauer ohne Türen und Fenster. Auch die Gebäude links und rechts bieten keine Möglichkeit zur Flucht. Der Dicke hat sich scheinbar in Luft aufgelöst!

»Das darf doch nicht wahr sein!«, schimpft Charlie und sucht den Boden ab. Doch auch hier ist kein Schlupfloch zu entdecken, weder Gully noch Abflussgitter. Da bemerkt Charlie einen hellen Schimmer an der Mauer. Dickflüssiger, durchsichtiger Schleim fließt langsam hinunter, so als sei er erst vor kurzer Zeit an die Wand gekommen.

Na, sieh mal an! Charlie kramt ein Kaugummi aus der Tasche, steckt den weißen Streifen in den Mund und streift dann etwas von dem Schleim auf das Stanniolpapier. Er verstaut das Papier und macht sich auf den Weg.

41

Anton betrachtet die Karte. Die Karte vom Hamburger Hafen um 1880. Und wieder erinnern ihn die Kanäle an Adern, durch die der Lebenssaft der Hansestadt fließt. Anton denkt an die Sulawesi-Karte bei Frau Kraft.

»Was habt ihr gemeinsam?«, murmelt er und kippt den Kopf nach links. Dann nach rechts. Und weiter. Immer weiter. Bis er die Karte verkehrt herum sieht.

Da erkennt er es: Die beiden Karten sind identisch! Beziehungsweise: Ein Teil der Sulawesi-Karte von Frau Kraft ist in der Karte des Hamburger Hafens enthalten. Und zwar verkehrt herum. Betrachtet man die Kanäle nicht als Wasser, sondern als Land, entspricht Sulawesi passgenau einem Teil des Hamburger Hafens.

Anton legt die Stirn in Falten. Was bedeutet das? Etwa, dass Gorrum gar nicht auf Sulawesi, sondern im Hamburger Hafen liegt? Aber wenn es so wäre, wieso hat das dann niemand vor ihm herausgefunden? Weder Frau Kraft, die so lange nach Gorrum gesucht hat, noch Professor Quakenbrück, der den Mythos kannte wie kein anderer? *Wahrscheinlich muss man für die Antwort die einzelnen Puzzleteile erst noch richtig zusammensetzen,* denkt Anton.

»Welches Geheimnis verbirgst du vor mir«, murmelt er vor sich hin.

»Das kann ich dir verraten«, ertönt eine tiefe Stimme und eine schwere Hand legt sich auf seine Schulter. Anton zuckt zusammen und dreht sich um. Vor ihm steht der Mann mit dem silbernen Bart.

42

Die Tür nach SpukNix-Castle wird aufgestoßen und Charlie stürmt herein.

»Benno, stell dir vor, was ich eben ...« Als er Omar auf dem Schreibtisch hocken sieht, verstummt er abrupt. »Wieso ist der Geist draußen?«

»Er hat mir bei den Einstellungen am Gefängnis geholfen«, erklärt Benno begeistert. »Und gemeinsam haben wir auch rausgefunden, warum die Falle den Wandergeist nicht gefangen hat. Komm, ich zeig es dir.«

»Benno!« Charlies Stimme ist scharf und schneidend. »Kann ich dich mal eben sprechen? Allein!«

Eine Minute später sitzen die beiden Ghostfighter bei geschlossenen Türen und hochgekurbelten Fenstern in dem alten Citroën auf der Hebebühne.

»Du kannst ihn doch nicht einfach rauslassen«, schimpft Charlie. »Wir wissen nichts über ihn. Vielleicht steckt er mit dem Wandergeist unter einer Decke.«

»Er wäre im Knast fast draufgegangen«, sagt Benno. »Der lag schon am Boden und hat geröchelt wie 'n verstopftes Abflussrohr!«

»Und wenn er dir das nur vorgespielt hat?«

»Warum sollte er?«

»Damit du ihn rauslässt, natürlich!«

Benno seufzt. »Okay, was schlägst du vor?«

»Wir sperren ihn wieder ein.«

»Und wenn er wirklich nichts mit dem Wandergeist zu tun hat? Dann sitzt er unschuldig im Gefängnis.«

»Dafür haben wir jetzt keine Zeit«, sagt Charlie. »Wir müssen uns darauf vorbereiten, den Wandergeist zu schnappen. Wenn Anton anruft, müssen wir sofort zuschlagen! Wenn der Flaschenfuzzi wirklich unschuldig ist, lassen wir ihn eben später raus. Wird uns schon nicht verklagen, der Knirps.«

»Okay«, sagt Benno. »Aber ich weiß nicht, ob er freiwillig zurück in die Zelle geht. So, wie der gelitten hat.«

»Du hast doch gesagt, dass er dir bei den Einstellungen geholfen hat. Wenn er die Wahrheit gesagt hat, bedeutet die Falle ja jetzt keine Gefahr mehr für ihn. Zickt er trotzdem rum, ist irgendwas faul. Dann lenke ich ihn ab und du saugst ihn in die Falle. Los jetzt!«

Benno und Charlie steigen aus dem Wagen, klettern von der Hebebühne und gehen zurück zum Schreibtisch, wo Omar mit gekreuzten Armen sitzt und wartet.

»Fertig beratschlagt?«, fragt er leicht gelangweilt.

Charlie baut sich vor ihm auf. »Wie bist du in die Wohnung von Frau Kraft gekommen?«, fragt er mit einschüchternder Stimme.

»Hab ich doch schon gesagt«, sagt Omar. »Sie hat in Marokko einen Flakon gekauft, der zufälligerweise meine Wohnung war.«

»Und mit dem Wandergeist hast du nichts zu tun?«

»Nein.«

Charlie verschränkt die Arme vor der Brust. »Wir glauben dir nicht. Aber wir haben jetzt auch keine Zeit zu checken, ob du die Wahrheit sagst oder nicht. Deshalb musst du zurück ins Gefängnis. So lange, bis wir uns um dich kümmern können.«

Omar reißt die Augen auf. »Zurück ins Gefängnis?«, ruft er entsetzt. »Da mach ich nicht ...«

»Jetzt!«, ruft Charlie und Benno aktiviert die Falle.

FFFFFFFT! wird Omar zurück ins Gefängnis gesaugt. Benno aktiviert den Schließmechanismus und die Zelle wird hermetisch abgeriegelt. Als Omar begreift, was mit ihm geschehen ist, schwebt er zur Panzerglasscheibe und stemmt sich dagegen.

»Warum tut ihr das?«, ruft er mit gequälter Stimme. »Ich hab euch nichts getan!«

»Schalt ihn ab«, sagt Charlie und Benno streckt die Hand nach der Konsole aus, um die Kommunikationsverbindung zu unterbrechen.

»Okay, ich hab euch belogen«, sagt Omar rasch. »Lasst mich raus und ich sag euch die Wahrheit. Die ganze Wahrheit!«

Benno sieht zu Charlie, aber der schüttelt nur den Kopf. Benno legt den Finger auf den Schalter.

»Wartet!«, ruft Omar entsetzt. »Ihr müsst mich anhören, sonst geschieht ein Unglück. Ein Unglück für die ganze Welt! Es geht um den Schatz!«

Charlie hebt die Hand. Benno hält inne.

»Was für ein Schatz?«, fragt Charlie.

»Ein Kästchen aus Jade. Mit einem Schlüssel darin.«

»Was weißt du über den Schlüssel?«

»Alles«, sagt Omar. »Lasst mich raus und ich erzähle es euch.«

»Erst sagst du uns, was das für ein Schlüssel ist«, verlangt Charlie.

Omars Blick wird ernst. »Es ist der Schlüssel zur Unterwelt«, sagt er mit düsterer Stimme.

43

Hinter dem Vorhang ist eine Tür. Gut getarnt, sodass sie von außen nicht zu sehen ist. Dahinter schraubt sich eine eiserne Wendeltreppe mehrere Meter in die Tiefe hinab, bis zu einer riesigen Halle. Unsanft schiebt der Silberbart Anton in die Mitte des Raumes, wo ein ungefähr zwei mal zwei Meter großes Loch im Boden klafft. Daneben steht ein kleiner Bagger, an dessen ausgefahrenem Arm ein Bohrgestänge hängt, das tief ins Loch hineinreicht.

»Setz dich«, befiehlt der alte Mann und beginnt, Anton an einen Stuhl zu fesseln.

»Sie nehmen mich gefangen?«, stellt Anton fest. »Interessant. Darf ich fragen, warum?«

Aber der Alte antwortet nicht. Stattdessen zieht er die Schnur an Antons Armen fester.

»Aua!«, beschwert sich Anton. »Hm. Na gut, dann muss ich mir meine Fragen wohl selber beantworten.« Er sieht sich um. »Wir befinden uns hier also in der Alten Werft. Und zwar ziemlich weit unten in einem Bereich, der nicht vom Museum genutzt wird. Warum nicht? Weil Sie hier ein eigenes Projekt laufen haben, ein Projekt, bei dem Sie ein Loch in den Beton bohren. Ein tiefes Loch, wenn ich mir das so ansehe. Es geht also um etwas, das weit unter der Werft liegt. Was kann das sein? Und wofür lohnt sich ein solcher Aufwand? Ein Schatz vielleicht?«

Der Silberbart zieht den Knoten fest und steht auf. Lächelnd verschränkt er die Arme vor der Brust und betrachtet den verschnürten Anton.

»Ein Schatz an einem Ort, den man bislang ganz woanders vermutet hat«, fährt Anton fort. »Zum Beispiel auf Sulawesi. Aber dort liegt Gorrum gar nicht verborgen. Denn wenn man sich die Karte oben im Museum ansieht, erkennt man, dass Gorrum im Hamburger Hafen liegt. Und zwar genau hier: unter der Alten Werft. Habe ich recht … Professor Quakenbrück?«

44

Omar schöpft Atem. Der unfreiwillige Kurzbesuch im Geistergefängnis hat ihn ziemlich mitgenommen. Er hockt auf der Schreibtischplatte und fächelt sich mit einem orientalischen Fächer Luft zu. Benno und Charlie sitzen vor ihm und starren ihn ungeduldig an.

»Wir warten«, knurrt Charlie nach ein paar Minuten.

Omar wirft ihm einen vorwurfsvollen Blick zu. »Mit dem Schlüssel aus dem Jade-Kästchen von Frau Kraft lässt sich das Tor zur Unterwelt öffnen«, sagt er schließlich. »Und wenn das passiert, wird es kein Vergnügen!« Seine Augen verfinstern sich.

»Hundert schaurige Spukgestalten fallen über das Diesseits her. Sie heulen wie die Wölfe und verpesten die Luft mit ihrem fauligen Gestank. Sie ziehen kettenrasselnd durch die Straßen und jeder, der ihnen begegnet, ist dem Untergang geweiht.«

»Woher weißt du das alles?«, fragt Benno. »Was hast du mit der Sache zu tun?«

»Ich habe den Wandergeist überwacht«, erklärt Omar. »Im Auftrag des *Vereins zur Kontrolle der zur Wanderschaft verurteilten Geister und Gespenster,* kurz VKW-GG. Die

Wanderschaft ist schließlich eine Strafe und keine Freizeitbeschäftigung. Ein paar Jahrzehnte ging auch alles gut und der Geist kam seinem Fluch ordnungsgemäß nach. Dann, eines Tages, als ich gerade eine kurze Pause bei Ghostbucks einlegte, war er plötzlich weg. Einfach futsch. Ich hab natürlich sofort angefangen, ihn zu suchen. Aber erst vor ein paar Tagen spürte ich ihn wieder auf, als er von Sulawesi nach Hamburg wanderte. Da bin ich hinterher und habe beobachtet, wie er in der Wohnung der alten Dame rumgestöbert hat und dabei vor sich hin murmelte: *Der Schlüssel zur Unterwelt, ich muss ihn finden. Erst dann bin ich frei!«*

»Augenblick mal«, unterbricht ihn Charlie. »Du hast doch behauptet, du hättest Angst vor dem Wandergeist gehabt und dich deshalb versteckt.«

»Ein Notlüge«, verteidigt sich Omar. »Ich dachte, ihr würdet mich dann wieder freilassen. Konnte ja nicht ahnen, dass ihr mich so oder so gefangen haltet, bis der Wandergeist am Ende noch sein Ziel erreicht.« Etwas beleidigt verschränkt Omar die Arme vor der Brust.

»Und der ganze Rest?«, fragt Benno. »Dass du neunhundertdreizehn Jahre alt bist, einem marokkanischen Geschäftsmann gestohlen wurdest und über verschlungene Wege in den Besitz von Frau Kraft gelangt bist? Alles gelogen?«

Omar senkt den Blick. »Das Alter stimmt. Der Rest, na ja.« Er hebt den Kopf. »Ich hätte den Wandergeist geschnappt«, ruft er kämpferisch. »Wenn ihr mir nicht in die Quere gekommen wärt!«

»Wir?«, ruft Benno überrascht.

»Ihr habt die Fallen aufgebaut. Und der Wandergeist hat

sie genutzt, um mich auszutricksen. Er konnte wegen des Hirschebers nicht mehr ins Arbeitszimmer. Da hat er mich auf eine falsche Fährte geführt und in eine der Fallen tappen lassen.«

»Nachdem wir mit dir in der Falle abgezogen waren, hat der Wandergeist das Kästchen gefunden und den Schlüssel genommen«, ergänzt Benno. »Irgendwie ist er dann aber doch noch in eine der Fallen geraten, was den Alarm bei uns ausgelöst hat. Nur konnte die Falle ihn nicht halten, weil sie falsch eingestellt war.«

»Woher willst du das so genau wissen«, fragt Charlie.

»Ich habe das hier in der Falle gefunden«, sagt Benno und zeigt Charlie den Schleim. »Omar sagt, das ist Chrosulmin-Sekret, eine Art Geisterschweiß. Sie sondern ihn ab, wenn sie Stress haben oder irgendwo hindurchschweben. Erinnerst du dich noch an den Schleim auf Antons Hemd, nachdem der Geist durch ihn hindurchgefahren ist?«

Charlie zieht das Kaugummipapier aus seiner Jacke und reicht es Benno.

»Hab ich mir's doch gedacht. Ich wette mit dir, dass dies auch Chrosudingsbums ist.«

Omar schnappt sich das Stanniolpapier und schnuppert am Schleim.

»Chrosulmin«, sagt er. »Und zwar vom Wandergeist. Das rieche ich genau.«

»Wo hast du das her?«, fragt Benno.

»Vom kleinen dicken Mann, der Tommie und mir das Buch in *Ottmars Antiquariat* vor der Nase weggeschnappt hat. Jetzt ist also endlich bewiesen, dass es sich bei ihm auch um einen Geist handelt. Und zwar um keinen anderen als unseren Wandergeist. Aber das ist noch nicht alles.« Charlies Gesicht nimmt einen besorgten Ausdruck an. »In Gestalt dieses dicken Kerls ist er aus dem Museum Alte Werft gekommen, kurz nachdem ich Anton über den Zaun geholfen habe.«

»Der Geist ist also nicht nach Sulawesi abgehauen«, sagt Benno. »Er ist noch hier!«

»Und Anton ist in Gefahr«, fügt Charlie hinzu. »Wir müssen ihn warnen. Schnell!«

45

Anton sitzt gefesselt auf seinem Stuhl und schaut den Mann mit dem silbernen Bart herausfordernd an.

»Das hast du ja alles ziemlich gut kombiniert«, muss der anerkennend zugeben. »Aber woher weißt du, dass ich Quakenbrück bin?«

»Sie und Frau Kraft haben alle Hinweise auf Gorrum gesammelt und in eine Karte eingearbeitet«, erklärt Anton. »Anhand der Umrisse haben Sie dann den Schluss gezogen, dass es sich um Sulawesi handeln muss – klar, was soll eine Karte auch anderes zeigen als eine Insel oder ein Stück Land? Tatsächlich aber zeigt die Karte einen Ausschnitt des Hamburger Hafens mit seinen Kanälen. Niemand außer Ihnen konnte das sonst noch erkannt haben, Professor Quakenbrück.«

»Beeindruckend!« Quakenbrück grinst. »Und absolut korrekt. Nur leider wirst du niemandem von deiner Entdeckung erzählen können.«

»Da wäre ich mir nicht so sicher.«

»Ach nein? Wer sollte denn hier nach dir suchen? Du bist doch eben erst auf die Idee mit dem Hafen und Gorrum gekommen. Ich habe dich genau beobachtet, wie du vor der Karte standst. Nein, du hast niemandem von deiner Entdeckung erzählt. Du bist allein hier.«

Ja, haste nicht gesehn,
da gibt's nix zu verstehn ...

Quakenbrück zieht die Stirn kraus. »Was ist das?«

Ich wollte mit dir gehn,
doch du lässt mich einfach stehn ...

Er macht einen energischen Schritt auf Anton zu, greift in dessen Tasche und zieht ein singendes Smartphone heraus.

... und so stehe ich herum
und mein Rücken wird schon krumm ...

Quakenbrück schaltet es ab.

»Netter Versuch«, sagt er und öffnet die Rückwand des Telefons. »Nur leider nicht schlau genug. Denn ohne den Akku kann dein Handy nicht angepeilt werden. Und dass das noch nicht geschehen ist, beweist der Anruf deiner Freunde.«

Quakenbrück lässt Akku und Smartphone fallen und zertritt sie mit seinem schweren Stiefelabsatz.

»Niemand weiß, wo du bist. Und niemand wird kommen, um dich zu retten.«

46

Bitte hinterlassen Sie nach dem Säbelrasseln eine Nachricht.«

Rasselrasselrassel ...

»Das soll Säbelrasseln sein?« Charlie schüttelt den Kopf. »Klingt wie Anton, der versucht, seinen Schlüsselbund bedrohlich klingen zu lassen.«

»Ist ja auch Anton, der versucht, seinen Schlüsselbund bedrohlich klingen zu lassen«, sagt Benno.

Charlie legt das Smartphone zurück auf den Tisch.

»Wieso schaltet er das Handy ab?«

»Vielleicht, damit es nicht losklingelt, während er im menschenleeren Museum herumschleicht«, überlegt Benno.

»Da würde es ja reichen, es einfach auf lautlos zu schalten. Vielleicht war einfach nur der Akku alle. Wir müssen ihn irgendwie warnen«, murmelt Charlie. »Aber dazu müssen wir Kontakt mit ihm aufnehmen.«

»Ich könnte es über die Überwachungskameras versuchen«, schlägt Benno vor.

»Du meinst, du kannst dich da reinhacken?«

»Käme auf einen Versuch an.«

»Aber wie willst du ihn mit 'ner Kamera warnen?«, fragt Charlie nachdenklich.

»Indem ich sie hektisch hin und her bewege«, sagt Benno. »Das Surren des Motors könnte reichen, damit Anton aufmerksam wird und sein Handy wieder einschaltet. Oder zumindest kapiert, dass etwas im Busch ist und er aufpassen muss.«

»Hoffentlich ist ihm dann auch klar, dass wir hinter der verrücktspielenden Kamera stecken. Aber es ist im Moment die einzige Möglichkeit.« Charlie schiebt Benno zum Computer. »Okay, dann los.«

47

Quakenbrück stolziert um Anton auf dem Stuhl herum. »Genau unter uns liegt Gorrum«, sagt er und zeigt zum Schacht. »Und durch diesen Zugang werde ich hinabklettern und den Schatz heben.« Er grinst. »Verrückt, nicht wahr? Da reist man um die halbe Welt und schlägt sich wochenlang durch den dichten Dschungel Sulawesis – dabei liegt der Ort der Verheißung direkt vor der Haustür. Im Hamburger Hafen. Man muss nur nach ihm graben.«

»Was Sie nicht konnten, weil die Alte Werft unter Denkmalschutz steht«, ergänzt Anton. »Deshalb haben Sie dafür gesorgt, dass sie in ein Museum umgewandelt wird. Als Direktor hatten Sie Zugang zu allen Bereichen und konnten ungehindert nach Gorrum suchen. Aber was ich mich frage: Wieso ist Frau Kraft nicht auf Sie aufmerksam geworden? Bei der Eröffnung war doch ein Bild von Ihnen im *Hamburger Abendblatt*. Wir haben den Artikel in der Schule gelesen.«

»Ich habe mich in den letzten Jahren stark verändert und zusätzlich auch noch ein wenig nachgeholfen. Außerdem habe ich natürlich meinen Namen geändert«, erklärt der Professor.

»Stimmt, in der Zeitung stand nichts von Professor Quakenbrück. Alles, was Ihnen also noch fehlte, war der Schlüssel«, fasst Anton zusammen.

»Und den habe ich jetzt«, sagt Quakenbrück und zieht ihn aus der Tasche.

»Sie wissen, was die Legenden berichten«, fährt Anton fort. »Der Schatz wird von hundert rastlosen Seelen bewacht und jeder, der sich ihm nähert, ist dem Tod geweiht!«

»Und so einen Quatsch glaubst du?« Quakenbrück lacht laut auf. »Da hätte ich dir aber mehr zugetraut, Junge. Rastlose Seelen – das ist doch bloß ein billiger Trick, um die Leute fernzuhalten! Um das wahre Geheimnis zu schützen!«

»Den Schatz?«

»Jawohl, den Schatz!« In Quakenbrücks Augen beginnt es zu funkeln.

»Aber Frau Kraft ...«

»Kraft lügt!« Quakenbrücks Stimme hallt in der großen Halle gespenstisch wider. »Ich weiß, dass sie überall rumerzählt, ich sei damals spurlos im Dschungel verschwunden. Aber das ist nur die halbe Wahrheit. Denn in Wirklichkeit hatte sie heimlich meinen Kompass manipuliert. Ich brach in den Urwald auf, verirrte mich und fand nicht wieder zurück. Weil der Kompass mich in die falsche Richtung führte.«

»Warum sollte Frau Kraft so etwas Gemeines tun?«

»Weil sie den Schatz für sich alleine wollte! Kurz zuvor hatten wir ja das Kästchen mit dem Schlüssel gefunden.

Das brachte uns auf die Idee, dass Gorrum vielleicht kein Ort, sondern ein Schatz sein könnte. Und deshalb beschloss Kraft, mich loszuwerden.«

»Augenblick mal«, unterbricht ihn Anton. »Frau Kraft hat gesagt, sie hätte das Jade-Kästchen mit dem Schlüssel gefunden, als Sie schon im Urwald verschwunden waren.«

»Eine Lüge«, zischt Quakenbrück. »Ich habe das Kästchen gefunden. Und Kraft manipulierte daraufhin meinen Kompass. Tagelang irrte ich durch den Dschungel. Es dauerte eine Weile, bis ich begriff, dass der Kompass mich in die Irre führte. Und als ich mir endlich eingestand, dass Agatha Kraft mich ausgetrickst hatte, war ich schon kurz vor dem Verdursten.«

»Wie haben Sie dann überlebt?«, fragt Anton.

»Ich bekam Hilfe«, sagt Quakenbrück. »Von mir selbst.«

48

NOECK!

»Wir sind drin!«, ruft Benno begeistert. »Im Überwachungssystem des Museums.« Mit flinken Fingern bearbeitet er die Tatstatur. Auf dem Bildschirm erscheinen mehrere rechteckige Bildausschnitte.

»Jeder Ausschnitt gehört zu einer Kamera«, erklärt Benno. »Wir können in jeden Raum sehen. Jetzt müssen wir nur noch alles nach Anton absuchen.«

»Cool! Gut gemacht«, sagt Charlie und beugt sich vor. »Dann mal los!«

49

Ich war schon mehrere Tage unterwegs und fühlte mich ziemlich kraftlos. Da schreckte mich ein Geräusch auf. Ein Rascheln im Gebüsch. Direkt vor mir. Natürlich dachte ich sofort an ein wildes Tier und blieb wie angewurzelt stehen. Doch es kam kein wildes Tier. Sondern ich selbst. Beziehungsweise: eine Erscheinung, die mir bis aufs Haar glich.«

»Der Wandergeist«, murmelt Anton.

Quakenbrück nickt. »Er hatte meine Gestalt angenommen. Das tut er immer, wenn er Vertrauen gewinnen will.«

»Und Sie?«, fragt Anton gespannt. »Was haben Sie getan?«

»Ich war so verblüfft, dass ich mich erst gar nicht rühren konnte«, sagt Quakenbrück. »Als meine Gedanken schließlich aufhörten, Samba zu tanzen, war ich davon überzeugt, dass ich verrückt geworden war. Wie sonst sollte das zu erklären sein?« Er seufzt. »Doch als ich die Erscheinung so hin und her schweben sah, war mir irgendwann klar, dass es sich um einen Geist handeln musste. Und dann erinnerte ich mich daran, dass ich in einem Buch gelesen hatte, dass Wandergeister ihre Gestalt verändern können.«

»Die Geheimnisse der Quantenräume«, platzt es aus Anton heraus. Quakenbrücks Miene hellt sich auf.

»Richtig!«, ruft er begeistert aus. Und für einen Moment scheinen er und Anton auf derselben Wellenlänge zu sein. Doch dann erinnert sich der Professor daran, dass Anton sein Gefangener ist. Und das Lächeln in seinem Gesicht gefriert.

»Ich folgte ihm zu einer Höhle im Dickicht, in der ich Essen und Wasser fand. Und ein Notizbuch. Das Notizbuch von Friedrich A. Hansen. Kapitän der Gorrum.«

50

Zwei Dutzend Kameras später ist sich Benno sicher: »Anton ist nicht mehr da.«

»Aber das kann nicht sein!«, ruft Charlie aus. »Er muss da sein! Er kann ja gar nicht raus!«

»Vielleicht hat er es gar nicht erst ins Gebäude hineingeschafft, sondern ist immer noch auf dem Dach«, merkt Omar an.

Aber Benno schüttelt den Kopf. »Hier ist eine 360-Grad-Sicht von der Dachkamera. Anton ist nirgends zu sehen.«

»Irgendwo muss er doch stecken«, murmelt Charlie. Plötzlich hat er eine Idee. »Zeichnen die auch auf?«

»Wer zeichnet was auf?«

»Die Kameras. Wird das auch aufgezeichnet, was die zeigen?«

»Möglich«, sagt Benno. »Warum?«

»Anton wollte die Karte vom Hamburger Hafen checken«, sagt Charlie. »Sieh doch mal nach, wo die hängt.«

»Ich muss mich langsam wieder ausklinken«, gibt Benno zu bedenken. »Wir kommen in Teufels Küche, wenn die uns beim Hacken erwischen.«

»Vielleicht ist Anton schon längst in Teufels Küche«, entgegnet Charlie ernst. »Oder an einem noch viel schlimmeren Ort.«

Benno seufzt. »Welcher Raum?«

»Versuch den hier«, sagt Charlie und zeigt auf einen der Ausschnitte.

Bennos Finger hasten über die Tasten. Das Bild im gewählten Ausschnitt wirft Streifen. Dann saust die Aufnahme rückwärts.

»Stopp!«, ruft Charlie und beugt sich vor. Auf dem Bildschirm ist eine Person zu sehen. »Da ist er.«

»Und er ist nicht allein«, sagt Benno.

Ein Vorhang wird zur Seite geschoben und eine zweite Gestalt tritt ins Bild. Sie packt Anton am Arm und zieht ihn hinter den Vorhang.

»Wer ist der Kerl?«, fragt Charlie.

Benno schüttelt den Kopf. »Keine Ahnung. Ist aber auch egal: Anton ist in Gefahr! Wir müssen sofort etwas tun!«

»Was schlägst du vor?«

»Wir rufen die Polizei«, sagt Benno und greift zum Smartphone. »Die müssen sofort zum Museum fahren und Anton da rausholen!«

51

In Antons Gesicht stehen lauter Fragezeichen. »Kapitän der Gorrum?«, fragt er. »Ich dachte, Gorrum ist ein Ort!«

»Genau das soll man ja auch denken«, sagt Quakenbrück. »Das ist der Sinn des Mythos: dass man nichts Genaues weiß. Aber Hansens Tagebuch verriet mir, dass die Gorrum ein Schiff war. Ein Viermaster unter deutscher Flagge. Mit ihm wurden hundert der übelsten Schurken und Banditen verschifft. Ursprünglich saßen sie im Gefängnis Wandrahm ein. Das war 1880. Damals wurde der Hamburger Hafen umgebaut und viele Menschen mussten ihre Häuser verlassen und wurden umgesiedelt. Auch das Gefängnis Wandrahm fiel den Umbauten zum Opfer.«

Anton erinnert sich an den Vortrag bei der Museumsführung.

»Doch wohin mit den Gefangenen?«, fährt Quakenbrück fort. »Erst wollte man ein neues Gefängnis für sie bauen. Doch die Bevölkerung wehrte sich dagegen – niemand wollte die Verbrecher in der Nähe haben. Deshalb kam man auf die Idee, sie einfach für immer wegzuschicken.«

»Indem man sie nach Übersee verschiffte«, sagt Anton.

Quakenbrück nickt. »Und das übernahm die Gorrum. Eigentlich war das Ziel Borneo, doch kurz vor der Insel meuterte die Bande, setzte Kapitän und Mannschaft aus und segelte zurück nach Hamburg. Peter Petersen führte sie an, ein Dieb und Mörder mit nur noch einem Auge. Er hatte geschworen, sich zu rächen und allen, die an seiner Verbannung beteiligt waren, die Kehle aufzuschlitzen. Doch der Steuermann, der Einzige, der von der ursprünglichen Mannschaft an Bord gelassen worden war, warnte die Hamburger mit einer Nachricht, die er per Brieftaube schickte. Die Gorrum und ihre Besatzung wurden also erwartet, als sie bei Nacht und Nebel die Elbe herauffuhren. Die Hamburger hatten eine geteerte Kette über den Fluss gespannt und setzten sie in Brand. Das Schiff verfing sich in ihr. Dann nahm man den Viermaster unter Beschuss und hörte nicht eher auf, bis alles zerstört war – von den Kanonen zerfetzt und vom Feuer verzehrt. Die kargen Überreste, die auf den Grund der Elbe sanken, überschüttete man erst mit Sand, später noch zusätzlich mit Beton. So entstand eine Art Sarkophag für die Gorrum, der bis knapp unter die Wasseroberfläche reichte. Man wollte ganz sichergehen, dass nichts und niemand jemals diesem Grab entweichen konnte. Dafür nahm man sogar in Kauf, dass die anderen Schiffe die Stelle seitdem umfahren mussten.« Quakenbrück macht eine geheimnisvolle Pause. Dann setzt er flüsternd hinzu: »Genau hier unter uns liegen sie – die Überreste der Gorrum.«

»Hier unten?«, fragt Anton erstaunt. »Unter der Werft?«

Quakenbrück nickt. »Die Werft hat man später über dem Beton-Sarkophag errichtet.«

»Und woher wissen Sie so genau, wo er sich befindet? Beton kann man doch nicht orten.«

»Aber Metall«, sagt Quakenbrück. »Die Kajüte des Kapitäns war vollständig mit Stahl ummantelt. Man könnte auch sagen, sie war eine Art Safe. Und damit gegen Feuer geschützt. Beim Beschuss der Gorrum ging das komplette Schiff in Flammen auf – bis auf die Kajüte des Kapitäns. Sie sank unbeschädigt zu Boden und wurde zugeschüttet.«

»Eine Kajüte aus Stahl?« Anton zieht die Stirn kraus. »Wozu?«

Auf Quakenbrücks Gesicht zeichnet sich ein breites Grinsen ab. »Um das Geheimnis der Gorrum zu schützen.«

52

Polizei Hamburg. Was kann ich für Sie tun?«

»Sie müssen uns helfen«, ruft Benno. »Unser Freund wurde entführt!«

Die Stimme am anderen Ende der Leitung räuspert sich. »Wer spricht denn da und wie alt bist du überhaupt? Wenn das ein Telefonscherz sein soll, bist du bei mir an der falschen …«

»Das ist kein Scherz«, unterbricht Benno den Beamten. »Unser Freund ist im Museum am Hafen auf der Suche nach Gorrum. Weil Frau Kraft der Schlüssel zur Unterwelt gestohlen wurde. Von einem Wandergeist aus Sulawesi, den wir eigentlich mit einem GO-CAT fangen wollten. Stattdessen haben wir nur einen Flaschengeist namens Omar erwischt.«

»Oh Mann, Benno«, stöhnt Charlie neben ihm und vergräbt das Gesicht in den Händen.

Aber Benno lässt sich nicht beirren. »Wenn der Schlüssel in die falschen Hände gerät, wird das Tor zur Unterwelt geöffnet und hundert rastlose Seelen fallen über das Diesseits her. Das müssen Sie verhindern!«

Stille.

Dann: Lachen. Erst langsam, stoßweise, dann immer hysterischer.

»Hallo?«, ruft Benno ins Smartphone, aber Charlie nimmt es ihm ab und legt auf.

»Was tust du denn da?«, ruft Benno gereizt.

»Das einzig Richtige«, antwortet Charlie. »Wenn du dir selber zugehört hättest, hättest du es auch getan. Mann, Benno, du hast wirklich 'nen Knall!«

»Aber wieso? Die Geschichte ist doch wahr!«

»Sie klingt aber völlig irre! Glaubst du wirklich, dass dir die Polizei so eine Story abkauft? Niemand wird das glauben. Und das bedeutet: Wir sind die Einzigen, die Anton helfen können.«

53

Anton grübelt darüber nach, wie er sich befreien kann. Viel fällt ihm nicht ein, außer dass Benno und Charlie ihm zu Hilfe kommen. Doch dazu müssen sie erst einmal kapieren, dass er in Gefahr schwebt. Und das kann dauern. Alles, was Anton tun kann, ist, Quakenbrück am Reden zu halten. Denn solange der Professor in Plauderlaune ist, verschafft das Benno und Charlie Zeit. Anton seufzt.

»Kapitän Hansen hatte einen Geheimauftrag«, fährt Professor Quakenbrück von alleine mit seinem Bericht fort. »Ein Privatsammler und Alchemist hatte einen ungeheuren Schatz angehäuft, den er in seinem Haus im Hamburger Nobelviertel Blankenese verwahrte. Aber irgendjemand hatte der Stadtverwaltung einen Tipp gegeben, dass der Schatz größtenteils aus legendären und gestohlenen Stücken bestand: Edelsteine aus dem Bernsteinzimmer, Inkagold, der Ring des Nibelungen. Der Sammler beschloss daraufhin, Hamburg zu verlassen und seinen Schatz mitzunehmen. Deshalb verschiffte er ihn und sich selbst heimlich mit der Gorrum.«

»Auf einem Schiff mit hundert Schurken und Banditen?« Anton schüttelt den Kopf. »Verrückte Idee!«

»Geniale Idee!«, widerspricht Quakenbrück. »Denn niemand würde vermuten, dass mit einem solchen Schiff ein so wertvoller Schatz fortgebracht wird. Und die Zeit drängte! Außerdem waren die Verbrecher in Käfige gesperrt und dort noch zusätzlich angekettet. Der Sammler beauftragte den Kapitän, seine Kajüte mit einem Mantel aus Stahl zu sichern. Ein schwimmender Safe. Niemand hätte ihn knacken können. Und es tat ja auch niemand. Denn die Kajüte versank. Und mit ihr der größte Schatz aller Zeiten.«

»Wieso hat ihn niemand geborgen?«, fragt Anton

»Weil niemand davon wusste«, antwortet Quakenbrück. »Sein Besitzer starb während der Fahrt.«

»Woher wissen Sie dann davon?«

»Aus Kapitän Hansens Tagebuch.« Quakenbrück zieht ein schmales, in dunkles Leder gebundenes Buch aus seiner Jackentasche. »Hier steht alles drin. Die ganze Geschichte von A bis Z. Bis zu Hansens Tod. Natürlich wusste er nicht, was mit seinem Schiff weiter geschah, nachdem er von den Meuterern vor Borneo ausgesetzt wurde. Aber über die Rückkehr der Gorrum lässt sich alles in den Hamburger Stadtbüchern nachlesen.«

Anton legt die Stirn in Falten. »Wo haben Sie das Tagebuch her?«

»Aus der Höhle auf Sulawesi. Hab ich doch schon gesagt. Nachdem Hansen und seine Mannschaft ausgesetzt worden waren, trieben sie tagelang übers Meer. Ein Matrose nach dem anderen starb oder wurde aufgrund von Hunger und Durst wahnsinnig. Auch Hansen war dem Tod nah – da strandete das Ruderboot an einer Küste. Mit letzter Kraft zog sich Hansen an Land. Doch er war zu schwach, um sich allein weiterzuhelfen. Da erschien ihm ein Engel. Ganz in Weiß. Und gab ihm Wasser.«

»Ein Engel?«, fragt Anton.

Quakenbrück grinst. »Natürlich war es der Geist. Aber das wusste Hansen ja nicht. Er lebte danach noch viele Jahre auf Sulawesi. Und nahm das Geheimnis der Gorrum mit in sein Grab. Sein Tagebuch ist der einzige Beweis. Und ich bin der Einzige, der das Buch kennt. Nachdem ich es gefunden hatte, wurde mir auch klar, warum der Geist ausgerechnet mich und niemand anderen zur Höhle geführt hatte.« Quakenbrück rückt näher an Anton heran und hält ihm das Tagebuch unter die Nase. »Siehst du das?«, fragt er. »Ein Foto von Hansen. Alt und vergilbt. Dennoch erkennt man deutlich seine Gesichtszüge.«

Anton keucht verdutzt auf. »Das sind ja Sie!«

Quakenbrück grinst. »Die Ähnlichkeit ist verblüffend, nicht wahr? Und einfach zu erklären: Hansen war mein Urgroßvater.«

54

Benno rennt nervös auf und ab. »Es ist mitten in der Nacht, das Museum ist hermetisch abgeriegelt und die Polizei lacht uns aus. Was sollen wir bloß tun?«

»Wir müssen einen Weg finden«, murmelt Charlie nachdenklich. »Es muss einen geben!«

»Abgesehen davon wissen wir ja nicht mal, was uns im Museum erwartet«, fährt Benno fort, als hätte er Charlie gar nicht gehört. »Ist da nur der Mann mit dem silbernen Bart? Oder auch noch der Geist? Oder haben die beiden den Schlüssel schon benutzt und es erwarten uns hundert schaurige Gestalten?« Nervös tigert er auf und ab.

»Kannst du dich nicht mal hinsetzen?«, schimpft Charlie gereizt. »So kann sich ja kein Mensch konzentrieren.«

»Ich kann mich sehr gut so konzentrieren«, muffelt Benno zurück. »Beim Rumlaufen sind mir schon viele gute Ideen gekommen.«

»Ach ja? Und was fällt dir zu Anton ein? Was machen wir jetzt mit ihm?«

»Opfert ihn doch einfach«, schlägt Omar fröhlich vor.

Benno reißt entsetzt die Augen auf. »Was hast du gesagt?«

»Du willst wohl zurück in den Knast!«, fährt Charlie den Flaschengeist wütend an.

Omar hebt beschwichtigend die Hände. »War ja nur ein Vorschlag.«

»Und vielleicht gar kein so schlechter«, murmelt Benno grüblerisch.

Charlie springt von seinem Stuhl auf. »Du denkst wirklich darüber nach, Anton zu opfern? Spinnst du?«

»Nicht Anton«, sagt Benno und seine Miene hellt sich auf. »Ich weiß jetzt, wie wir es machen. Aber wir brauchen Hilfe. Und ein Opfer. Außerdem muss uns jemand ins Museum bringen. Und ich weiß auch, wer das kann.« Er sieht zu Omar und grinst.

55

»Wenn das keine Fügung des Schicksals war«, fährt Quakenbrück mit seinem Bericht fort und hebt theatralisch die Arme. »Zwei Männer im Abstand von über hundert Jahren am selben abgelegenen Ort. Was für ein Zufall!«

»Mir kommt das so was von unwahrscheinlich vor, dass ich einen Zufall eigentlich sofort ausschließen würde«, sagt Anton.

»Und was ist deiner Meinung nach wahrscheinlicher?«

»Dass jemand wollte, dass Sie derjenige sind, der das Geheimnis lüftet. Überlegen Sie doch mal: Ein Kapitän wird ausgesetzt, von einem Geist gerettet und in eine Höhle geführt, wo hundert Jahre später ausgerechnet sein Urenkel sein Tagebuch findet. Kommt Ihnen das nicht auch ziemlich merkwürdig vor?«

»Vielleicht liegt es ja in den Genen«, sagt Quakenbrück. »Vielleicht gibt es eine mysteriöse Verbindung zwischen Hansen und mir, die ganz tief in uns wurzelt.«

»Ja, oder vielleicht hat einfach jemand auf einen Zettel geschrieben: *In hundert Jahren Hansens Urenkel mit einem Trick ans Ziel führen.* Finden Sie das unwahrscheinlicher als eine mysteriöse genetische Verbindung?«

Quakenbrück runzelt die Stirn. »Und was sollte das für ein Trick gewesen sein? Deiner Meinung nach?«

»Der Geist«, antwortet Anton. »Erst rettet er Ihren Urgroßvater, dann Sie. Er führt Sie beide in dieselbe Höhle. Warum? Damit Sie Hansens Tagebuch entdecken, die Gorrum ausfindig machen und das Tor zur Unterwelt öffnen.«

Quakenbrück lächelt. »Es gibt kein Tor zur Unterwelt. Es gibt nur eine goldene Kiste voller Edelsteine.«

»Es gibt einen Schlüssel, von dem Sie keine Ahnung haben, was er auslösen kann.«

»Oh doch, das weiß ich wohl«, sagt Quakenbrück. »Der Besitzer des Schatzes war ja nicht dumm. Deshalb stattete er die Schatztruhe mit einem Mechanismus aus, der den Schatz zerstört, sobald man den Deckel gewaltsam öffnet. Nur mit dem richtigen Schlüssel lässt sich der Mechanismus abschalten.«

»Ein Sprengmechanismus?«, fragt Anton. Doch statt zu antworten, lächelt Quakenbrück nur.

»Wenn, betrifft das aber nur die Kiste, nicht das Tor zur Unterwelt«, merkt Anton an.

»Und das sagst ausgerechnet du?«, spottet Quakenbrück. »Der mir gerade gepredigt hat, ich soll logisch denken? Was ist denn wohl wahrscheinlicher, wenn man einen Schlüssel benutzt: Dass man das Tor zur Unterwelt öffnet? Oder einfach nur eine Kiste?«

»Da haben Sie natürlich nicht ganz unrecht«, gibt Anton zu. »Aber es gibt eine Unbekannte in der Gleichung, die das Ganze undurchschaubar macht: den Geist. Ich glaube, er spielt ein doppeltes Spiel.«

»Er ist ein Wandergeist. Und nicht sehr schlau. Was sollte der schon wollen?«

»Hundert verlorene Seelen aus dem Bauch der Gorrum retten?«

KLONG!

»Was ...«, beginnt Anton. Aber Quakenbrück legt den Finger auf die Lippen.

»Pst!« Vorsichtig schleicht er zur Wendeltreppe und starrt hinauf zur Tür.

KRKRKRKRKRKRKRKR

kratzt es im Schloss.

Jemand versucht, die Tür zu öffnen, schießt es Anton durch den Kopf. Aber wer? Ein Wachmann aus dem Museum? Oder die Polizei? Vielleicht haben Benno und Charlie sie alarmiert. Hoffnung keimt in ihm auf.

Da schiebt sich ein wirbelnder Nebel durch das Schlüsselloch, wabert die Wendeltreppe hinab, baut sich wie eine Windhose vor Quakenbrück auf und nimmt die Gestalt des Professors an. Dann huscht der Nebel weiter zu Anton und verwandelt sich in ihn. Anton starrt sich selber ins Gesicht. Und in seinen Augen spiegelt sich blankes Entsetzen.

»HAHAHAHA...«

hallt Quakenbrücks Lachen durch die Halle. »Junge, du bist ja bleich wie ein Gespenst!«

Da ändert der Nebel ein weiteres Mal seine Form und wird zu dem, was er eigentlich ist.

»Der Wandergeist«, flüstert Anton.

»Das hast du schlau eingefädelt, Junge. Wirklich schlau«, ruft Quakenbrück. »Fast hätte ich dir geglaubt.« Der Professor kommt näher. »Du willst, dass ich dich befreie. Aber ich habe dich durchschaut. Weil ich eben der Professor bin und du nur ein kleiner dummer Junge.«

Quakenbrück packt den Stuhl, auf dem Anton gefesselt ist, und zieht ihn hinter sich her.

»Sie machen einen Fehler!«, ruft Anton und zerrt an seinen Fesseln.

»Den habe ich gemacht, als ich dir zugehört habe«, sagt der Professor und schleift Anton an der Wendeltreppe vorbei ins Materiallager. »Ich hätte mich gar nicht darauf einlassen sollen, dir die ganze Geschichte zu erzählen. Das war reine Zeitverschwendung. Aber damit ist jetzt Schluss. Ich will den Schatz. Und ich kriege ihn auch.« Mit energischen Schritten verlässt er das Lager und knallt die Tür ins Schloss.

Anton hebt den Blick. Unter der Decke hängt der Geist und beobachtet ihn argwöhnisch.

56

Fieberhaft überlegt Anton, was er tun kann. Doch das Ergebnis ist: nicht viel.

Er sieht hinauf zum Wandergeist, der ihn noch immer von der Decke aus beobachtet.

»Äh, hallo? Hörst du mich?«

Der Geist bleibt stumm.

»Hast du nicht Lust, mal runterzukommen. Ich will dir was sagen.«

Der Geist rührt sich nicht.

»Die Sache ist nämlich die«, fährt Anton fort. »Ich hab noch mal gründlich über alles nachgedacht und glaube, ich habe dich durchschaut.«

Der Geist spitzt die Ohren.

»Ich hab mich nämlich gefragt, welches Interesse du daran haben könntest, hundert verlorene Seelen zu befreien. Und die einzig logische Antwort lautet: gar keins. Die verlorenen Seelen sind dir total egal. Du willst dich bloß von deinem Fluch befreien. Stimmt's oder hab ich recht?«

Der Geist ist baff!

»Wie bist du darauf gekommen?«, fragt er und schwebt mit einer weichen Bewegung zu Anton hinab.

»Pfeiffers große Welt der Flüche«, antwortet Anton. »Ein Standardwerk. Du wirst den Fluch, als Wandergeist umherziehen zu müssen, also nur dann los, wenn die hundert rastlosen Seelen befreit werden?«

Der Geist nickt.

»Aber du kannst es nicht selber tun«, fährt Anton fort. »Es muss ein Blutsverwandter desjenigen sein, der für das Schicksal der Untoten verantwortlich ist. Quakenbrück ist zwar mit Hansen verwandt, aber Hansen war ja bloß der Kapitän der Gorrum. Für die Verschiffung der Verbrecher konnte er nichts. Das versteh ich irgendwie nicht.«

»Ist doch ganz einfach«, sagt der Geist. »Es gibt einfach niemanden mehr, der mit einem der Verantwortlichen verwandt ist! Die sind alle gestorben in den letzten hundert Jahren.«

»Und deshalb kann der Fluch auch durch jemanden aufgehoben werden, der nur indirekt mit dem Schicksal der verlorenen Seelen zu tun hat«, überlegt Anton. »Zum Beispiel Hansen, der Kapitän der Gorrum.«

Der Geist nickt.

»Wieso kannst du sie nicht selbst befreien?«, fragt Anton.

»Regel 18 der *Internationalen Geisterverordnung«*, antwortet der Wandergeist. *»Ein Geist kann keinen durch Menschenhand gefangenen Geist befreien.* Eine dumme Regel. Aber ist nun mal so.«

»Also soll Quakenbrück die Untoten befreien, damit du deinen Fluch loswirst«, fasst Anton zusammen. »Aber wieso ausgerechnet er? Und nicht sein Vater? Oder Hansen selbst?«

»Weil der Fluch an eine bestimmte Dauer gebunden ist«,

erklärt der Geist. »Nur alle tausend Jahre ist es möglich, ihn abzuschütteln. Deshalb konnten mir weder Hansen noch dessen Sohn helfen, sondern nur sein Urenkel, Professor Diogenes Quakenbrück.«

Anton legt die Stirn in Falten.

»Kann ja verstehn, dass du nach tausend Jahren keine Lust mehr aufs Wandern hast. Aber nach allem, was ich gehört habe, zerstören diese hundert rastlosen Seelen die ganze Erde, wenn du sie befreist.«

Der Geist nickt.

»Aber dann haben du und die anderen ja gar nichts mehr davon! Was macht ihr denn dann?«

Der Geist kratzt sich am Kopf. Etwas Geisterfluid wirbelt auf. »Keine Ahnung«, sagt er. »Vielleicht eine Jacht kaufen.«

»Eine Jacht?«

»Sind ja immerhin Seeleute, die Jungs. Die lieben das Meer. Und ich find's auch ganz entspannend, nach all dem Wandern mal ein bisschen zu relaxen. Warum nicht an Bord einer schönen großen Jacht?«

»Aber die Welt ist doch zerstört«, wirft Anton ein.

»Dann suchen wir uns halt 'ne andere Welt«, sagt der Geist. »Gibt doch genug davon. Auf eine mehr oder weniger kommt's nicht an.«

»Natürlich kommt es darauf an!«, ruft Anton aus und kann sich plötzlich nicht mehr beherrschen. Die Seelenruhe, mit der der Geist über das Ende der Welt redet, regt ihn auf. »Immerhin ist es meine Welt, die ihr kaputt macht. Und auf der lebe nicht nur ich, sondern auch meine Familie, meine Freunde und viele andere Menschen. Ich will nicht, dass sie zerstört wird.«

Der Geist denkt nach. »Such dir doch auch ’ne andere Welt«, schlägt er vor.

»Kann ich aber nicht. Weil ich ein Mensch bin und kein Geist.«

»Ja, und das ist wirklich merkwürdig«, sagt der Geist und kommt näher. »Denn ich spüre eine tiefe Seelenverwandtschaft zwischen uns beiden. Du willst ganz genau wissen, wie ein Geist fühlt und denkt, nicht wahr?«

»Geister können nicht denken«, sagt Anton. »Denn zum Denken braucht man ein Gehirn und ein Gehirn besteht aus Materie. Geister bestehen aber nicht aus Materie, deshalb haben sie auch kein Gehirn und können nicht ...«

»SCHT!«, lässt ihn der Geist verstummen. »Das ist doch alles nur Geschwätz. Aber wenn du wissen willst, wie man sich als Geist fühlt, dann kann ich es dir zeigen.«

Und dann fährt der Geist in Anton hinein.

57

Quakenbrück reibt sich die Hände. Der Sensor zeigt es ihm an: Es sind nur noch wenige Meter, dann wird der Bohrer die Kajüte der Gorrum erreichen. Quakenbrück ist sich ganz sicher, denn mit einem leistungsstarken Detektor hat er den Lageort des Stahlkastens auf den Zentimeter genau lokalisiert. Sobald er den Beton durchbohrt hat, wird ein Spezialbohrer für Stahl den Rest erledigen. Durch das Loch wird sich Quakenbrück dann in die Kajüte hinunterlassen – und bekommt endlich seinen Schatz!

Ein Schatz, der ihn zum reichsten Mann der Welt machen wird. Nächtelang hat Quakenbrück darüber nachgedacht, was er später mit all dem Reichtum anstellen soll. Als Erstes würde er sich all das kaufen, was er sich schon immer gewünscht hat: ein Segelboot, ein Wasserbett und einen echten Cowboyhut. Quakenbrück hat ausgerechnet, dass das alles zusammen so um die 87.452 Euro kosten wird. Nicht wirklich viel, wenn man der reichste Mann der Welt ist. Wahrscheinlich würde er diese Summe allein als Zinsen für seinen Schatz in einer Sekunde bekommen. Das heißt: Ohne auch nur einen Cent auszugeben, konnte er sich jede Sekunde eine Jacht, ein Wasserbett und einen echten Cowboyhut kaufen. Jede Sekunde! Nach einer Minute hätte er also schon 60 Jachten – und müsste erst mal einen Hafen finden, wo er all die Boote unterbringen konnte. Und nach einer Stunde bräuchte er ein eigenes Haus, um all die Cowboyhüte zu verstauen!

Das hat ihn nachdenklich gemacht. Denn natürlich brauchte er weder 60 Jachten noch 3.600 Wasserbetten, geschweige denn 86.400 Cowboyhüte.

Im Grunde brauchte er von allem nur eins und hätte damit nach einer Sekunde alles, was er sich wünscht, ohne auch nur einen Cent von seinem Schatz ausgegeben zu haben.

Aber was sollte er dann mit dem Geld machen? Verschenken? Vergraben? Verbrennen?

Da kam er auf die Idee, den Schatz zu bewachen. So wie die Drachen in den Märchen, die in ihren Höhlen auf riesigen Mengen Gold und Edelsteinen hocken, einfach nur deshalb, damit es kein anderer tut.

Genau so würde Quakenbrück auf seinem Schatz hocken, mit seinem Segelboot über die Weltmeere schippern und hin und wieder ein Nickerchen auf seinem Wasserbett machen, um sich vom anstrengenden »auf dem Schatz rumhocken« zu erholen. Dann würde er den Cowboyhut in den Nacken schieben und in den Sonnenuntergang sehen.

Quakenbrück grinst. Eine hübsche Vorstellung.

58

Der Schlüssel wird herumgedreht und die Tür behutsam geöffnet. Vorsichtig schiebt sich der Kopf eines Jungen ins Materiallager. Als er den gefesselten Anton zwischen den großen Regalen stehen sieht, bekommt er einen Schreck.

»Anton! Alles klar mit dir, Mann?« Tommie betritt das Lager. Die Luft ist heiß und stickig. Der Geruch von zerriebenem Gestein liegt in der Luft. Mit raschen Schritten hastet er zu Anton, der noch immer ohne jede Regung einfach nur dasteht und vor sich hin starrt.

»Hier geht echt was ab, Mann: das Museum, der Typ mit dem Bart, das Loch nebenan. Ihr haut ja ganz schön rein mit eurem Geisterkram. Dabei gibt's euch doch grad mal 'n paar Tage. Äh, drehste dich mal um? Dann mach ich dir die Fesseln los.«

Anton rührt sich nicht.

»Was 'n los, Mann? Biste hypnotisiert oder so?« Tommie kneift die Augen zusammen. Irgendetwas an Anton kommt ihm merkwürdig vor. »Alter, was is 'n mit deinem Gesicht los?« Tommie berührt mit dem Finger vorsichtig Antons Nase. Sie wirbelt auf. Tommie zuckt zurück. »Was geht 'n hier ab?«

»Vorsicht, Tommie! Das ist ein Geist! Hau ab! Schnell!«

Tommie sieht nach oben. Unter der Decke schwebt Anton – gefesselt an einem Haken aufgehängt.

»Hol Benno und Charlie«, ruft Anton. »Und die Polizei. Die Feuerwehr. Die Bundeswehr. Hol überhaupt jeden, den du finden kannst, und ... Achtung!«

Tommie fährt herum. Der Geist schwebt direkt vor ihm und haucht: »Willst du wissen, wie man sich als Geist fühlt?«

59

Noch drei Meter, zwei Meter, einen Meter ...

KRKS

Der Bohrer verstummt.

»Das darf doch nicht wahr sein!«, ruft Professor Quakenbrück aus. »Ausgerechnet auf dem letzten Meter bricht diese verdammte Bohrspitze ab!«

Wütend stapft er zum Materiallager und öffnet die Tür – als ihm einfällt, dass das ja der letzte Betonbohrer war. Er wirft die Tür krachend wieder ins Schloss.

»Muss ich eben direkt mit dem Stahlbohrer weiterarbeiten«, überlegt er laut. »Wird schon gehen ...«

KLONG.

Der Professor hebt den Kopf. »Klong?«

Sssssssst!

»Was ist da los?« Quakenbrück dreht sich um. Am Schacht steht eine kleine Person, den Stiefel keck aufs Bohrgestänge gestellt.

»Hallo Professorchen. So sieht man sich wieder.«

60

KLONK!

Das obere Ende einer Leiter wird an die Wand gelehnt. Genau neben Antons Kopf.

Klack - klack - klack

kommen Schritte die Aluminiumstufen hinauf. Ein Kopf schiebt sich in Antons Blickfeld.

»Benno? Was machst du denn hier?«

»Dich befreien«, sagt Benno hastig und macht sich an Antons Fesseln zu schaffen.

»Was ... wo ... wie ...«, stammelt Anton.

»Nicht so laut«, flüstert Benno. »Der Geist ist gerade mit Tommie beschäftigt. Das ist die Chance, dich zu befreien.« Der erste Strick ist los.

»Und Charlie?«

»Steht unten und hält die Leiter fest.«

Hoffnung keimt in Anton auf. »Wen habt ihr noch dabei? Die Polizei? Die Feuerwehr? Die Nationalgarde?«

»Äh, also ...«, beginnt Benno und macht den zweiten Strick los. »Wir sind eigentlich nur wir. Also Charlie und ich. Und Tommie halt. Den haben wir noch zur Unterstützung dazugeholt, weil wir dachten: Zu zweit wird das nie im Leben was.«

»Ihr seid allein?« Entsetzen macht sich auf Antons Gesicht breit.

»Nicht ganz«, sagt eine Stimme. »Ich bin auch noch da.«

Neben ihnen schwebt ein Junge.

»Tommie!«, ruft Benno aus. »Seit wann kannst du fliegen?«

61

Quakenbrücks Augen ziehen sich zu schmalen Schlitzen zusammen. »Was tun Sie hier, Kraft?«

»Meinen Besitz zurückholen«, sagt die alte Dame. »Den Schlüssel aus dem Jade-Kästchen.«

»Ihren Besitz? Dass ich nicht lache. Sie haben ihn mir gestohlen!«

»Ich habe ihn nicht gestohlen, Quakenbrück. Sie sind verschwunden, damals, im Dschungel von Sulawesi. Schon vergessen?«

Der Professor kocht vor Wut. »Sie wollten den Schatz für sich alleine«, zischt er. »Deshalb haben Sie meinen Kompass manipuliert und sind abgehauen.«

»Ich habe weder das eine noch das andere getan«, sagt Frau Kraft. »Der Geist hat das Kästchen mit dem Schlüssel in die Hütte gelegt. Als Köder. Für Sie. Sie haben das Kästchen kurz vor mir entdeckt und sind, ohne nachzudenken, in den Dschungel gestürzt. Wollten unbedingt Gorrum finden. Allein!«

»Eine Lüge!«, brüllt der Professor – sein Kopf ist vor Wut knallrot – und macht einen Schritt auf den Bohrer zu. Frau Kraft zieht den Kris-Dolch hervor. Quakenbrück zögert.

»Es ist die Wahrheit«, sagt Frau Kraft. »Sie sind so überstürzt aufgebrochen, dass Sie sogar das Kästchen mit dem Schlüssel vergessen haben. Ein paar Tage später schickten Sie dann den Geist, um danach zu suchen. Aber der hat sich nicht ins Lager getraut, wegen des Hirschebers, den ich geschossen und ausgestopft hatte. Doch der Geist beruhigte Sie: Er würde den Schlüssel später besorgen. Das war sein Plan. Aber verstehen Sie nicht, Quakenbrück: Der Schlüssel ist nur ein Lockmittel! Damit Sie nach dem Schatz graben!«

»Ha!«, lacht der Professor. »Glauben Sie etwa auch an den Quatsch mit den verlorenen Seelen?«

»Niemand weiß, was passiert, wenn man ein jahrhunderte altes Wrack wieder ausbuddelt. Bei so etwas sind gewisse Vorsichtsmaßnahmen notwendig.«

»Kommen Sie mir doch nicht auf die Tour«, winkt der Professor ab. »Sie wollen mir den Schatz abluchsen. Deshalb haben Sie mir auch diese Kinder auf den Hals gehetzt und nicht die Polizei.«

»Ich habe die Polizei alarmiert«, sagt Kraft. »Aber sie haben mir nicht geglaubt.«

»Und wieso sollte ich es dann tun?« Quakenbrück schüttelt den Kopf. »Damals, auf Sulawesi, habe ich Ihnen geglaubt. Das war der größte Fehler meines Lebens. Denn was haben Sie getan? Meinen Kompass manipuliert, damit ich mich im Urwald verirre und Sie den Schatz für sich alleine haben können!«

»Ich habe Ihren Kompass nicht manipuliert!«, poltert Frau Kraft los. »Wie oft soll ich denn das noch sagen? Das war der Geist! Es war sein Plan. Von Anfang an. Quakenbrück, machen Sie die Augen auf: Es gibt keinen Schatz!«

Stille. Sekunden verstreichen. Dann grinst der Professor.

»Der Schatz existiert!«, sagt er und mit einem Satz springt er nach vorne und stößt Frau Kraft zur Seite. Der Kris-Dolch fällt klirrend zu Boden. Benommen bleibt die alte Frau am Boden liegen. Quakenbrück springt auf den Bagger, lässt die abgebrochene Bohrspitze nach oben fahren und tauscht sie gegen den Stahlbohrer aus. Dann senkt er die Bohrspitze wieder in den Schacht hinunter und betätigt den Startknopf.

SSSSSRRRRRRRRRRRR

frisst sich der Stahlbohrer in die Kajüte hinein.

62

Das ist nicht Tommie!«, ruft Anton. »Das ist der Wandergeist!«

»Ich schnapp ihn mir!«, ruft Charlie und lässt die Leiter los.

Ooooooohhhhhhhhhhhhh...

... mit einem lang gezogenen Schrei fällt Benno von der Leiter und zieht dabei Anton mit sich.

KRACH!

knallen sie auf die Erde.

»Wehgetan?«, fragt Benno.

»Nein«, sagt Anton. »Wo ist Tommie?«

»Dort, in der Ecke.«

Sie hasten zu ihm.

»Ohnmächtig«, stellt Anton fest. »Wir müssen ihn aufwecken!«

»Keine Zeit«, sagt Benno. »Jetzt kommt Phase B.«

»Phase B?«

Benno zwinkert Anton zu. »Lass dich überraschen.«

»Komm her, du Weichei!«, ruft Charlie und ballt die Fäuste. Der Geist schwebt langsam auf ihn zu.

»Ist das dein Ernst?«, fragt er. »Du willst mit mir boxen?«

»Davon kannst du ausgehn.« Charlie versetzt dem Geist eine Reihe schneller Haken: links, rechts, links, rechts.

HUAHAHAHAHA…

verhöhnt ihn der Geist. Charlies Fäuste gehen durch ihn hindurch wie durch Rauch.

»Netter Versuch«, sagt der Geist. »Aber du glaubst doch nicht ernsthaft, dass du mich im Zweikampf mit Fäusten besiegen kannst!«

Charlie lässt die Fäuste sinken. »Tu ich auch nicht«, sagt er und lächelt. »Und muss ich auch nicht.«

Der Geist grinst. »Dann fahre ich jetzt in dich hinein und sauge dir das Leben aus«, faucht er.

Charlie verschränkt die Arme vor der Brust und nimmt eine lässige Haltung ein. »Das liebe ich an euch Geistern: Ihr seid so berechenbar. Genau wie Hunde: Man wirft das Stöckchen und Wauwau rennt los. Geister und Hunde sind sich da sehr ähnlich.«

ROOOAAARR…

röhrt der Geist und streckt die Arme nach Charlie aus.

»Und genauso dämlich«, sagt Charlie und rührt sich nicht vom Fleck. Der Geist bebt vor Zorn – und sein wahres Ich drängt nach außen: ein fürchterliches, stinkendes Ungeheuer mit funkelnden Augen und langen Krallen. Wutentbrannt rast es auf Charlie zu, die langen gebogenen Nägel nach dem Hals seines Opfers ausgestreckt. Nur Zentimeter vor Charlies Kehle wird sein Flug plötzlich gestoppt, als würde er von einer unsichtbaren Macht zurückgehalten.

»Bye-bye«, sagt Charlie und winkt. Als der Geist begreift, was mit ihm geschieht, schreit er ein letztes Mal auf – dann wird er in den kleinen roten Kasten gesaugt, die Klappe schlägt zu und das Ventil schließt sich.

»Hab ihn«, sagt Benno und schaltet die Geisterfalle auf Gefangenenbetrieb.

»Hoffentlich hält sie auch«, sagt Anton.

»Wir haben sie neu justiert«, antwortet Benno. »Und hatten fachkundige Unterstützung dabei.«

»Jetzt nehmen wir uns den Silberbart vor«, ruft Charlie und rennt los. »Wir müssen Frau Kraft helfen.« Er tastet nach dem Türgriff – doch da ist nur ein Knauf. Charlie packt ihn und drückt gegen die Tür. Sie rührt sich nicht.

»Äh, Jungs, ich glaube, wir haben ein Problem.«

63

WSSSSSSSSSSS...

Der Bohrkopf frisst sich durch den Stahl. Plötzlich lässt der Gegendruck nach und der Bohrer schaltet sich automatisch ab.

»Er ist durch«, flüstert Quakenbrück und starrt in das entstandene Loch. »Das erste Mal seit hundert Jahren wird die Kapitänskajüte der Gorrum freigelegt.« Noch einmal setzt er den Bohrer an, um das Loch noch etwas zu vergrößern.

Übelkeit erweckender Gestank strömt ihm entgegen. Quakenbrück setzt sich einen Bauhelm auf den Kopf und schaltet die Stirnlampe an.

Währenddessen rappelt sich Frau Kraft vom Boden auf.

»Ein letztes Mal flehe ich Sie an, Professor: Lassen Sie den Schatz, wo er ist. Und schließen Sie das Loch. Sie haben keine Ahnung, was Sie damit heraufbeschwören!«, ruft sie Quakenbrück zu.

»Ich habe nicht so viele Jahre in dieses Unternehmen investiert, um in letzter Sekunde einen Rückzieher zu machen.« Quakenbrück fährt das Bohrgestänge hoch. »Nichts und niemand wird mich jetzt mehr zurückhalten. Niemand!«

Er steigt aus dem Bagger und schiebt eine Winde über den Schacht. Dann packt er das Seil und ...

WUSCH

als etwas aus dem Loch hervorschießt. Schnell wie ein Pfeil. Eine schmale Rauchsäule, die sich genauso schnell wieder auflöst, wie sie entstanden ist.

Quakenbrück zuckt zurück. »Was war das?«

Frau Krafts Blick verdüstert sich. »Ein Untoter aus der Gorrum?«

Quakenbrück grinst. »Netter Versuch. War vermutlich nur Luft aus einem Hohlraum. Ich steig dann mal runter.«

»Haben Sie nicht was vergessen?« Frau Kraft hält den Schlüssel aus dem Jade-Kästchen in die Höhe. »Muss Ihnen aus der Tasche gefallen sein. Hier!«

Sie wirft Quakenbrück den Schlüssel zu.

»Danke«, murmelt er und verstaut ihn in seiner Tasche. Einen Moment lang zögert er und sieht zu Frau Kraft. Ist das Schadenfreude in ihren Augen? Doch dann schüttelt er energisch den Kopf, packt das Seil und lässt sich in das Loch hinab.

64

Der Schacht mündet direkt in einem schmalen Raum – der Kapitänskajüte! Nur zögernd entreißt Quakenbrücks Stirnlampe der Dunkelheit ihre Geheimnisse: links ein Schrank, rechts ein Regal mit nautischen Instrumenten, daneben ein Schreibtisch voller Seekarten. Alles bestens erhalten. Der Stahlmantel hat die Kajüte luftdicht abgeschlossen. Alles sieht so aus, als habe es sich seit dem Untergang kein bisschen verändert.

»Wo hast du die Truhe versteckt, Hansen?«, murmelt Quakenbrück und sieht sich um. Unter seinen Stiefeln knirscht das morsche Holz. Quakenbrück öffnet die Tür vom Schrank. Ein Schwung Papiere rauscht ihm entgegen und verteilt sich auf dem Boden.

Na, prima, denkt Quakenbrück, als ihn –

KNACK!

ein Geräusch aufhorchen lässt. Der Professor lauscht. Doch es bleibt still.

»Weiter jetzt«, fordert er sich selbst auf und durchsucht den Schrank. Nichts. Danach nimmt er sich den Schreibtisch des Kapitäns vor, das Regal mit den nautischen Instrumenten, das schmale Bett im Nebenraum. Der Schatz ist nirgends zu finden.

Sch!

Quakenbrück zuckt zusammen. Woher kam das? Er sieht sich um. Aber da ist nichts.

SCH!

Da ist es wieder! Wie ein Schlurfen. Als würde ein feuchter Lappen über eine Holzdiele gezogen.

»Ist da wer?«, ruft Quakenbrück. Seine Stimme klingt hier unten merkwürdig dumpf. Keine Antwort. Waren das etwa die verlorenen Seelen?

Jetzt mach dich bloß nicht verrückt, ermahnt sich Quakenbrück und schickt den Schein seiner Stirnlampe durch das Dunkel. Da funkelt etwas zwischen den Blättern auf dem Boden. Quakenbrück schiebt die Papiere mit dem Fuß beiseite. Das Licht wird erneut reflektiert.

»Das ist unter dem Boden«, murmelt Quakenbrück aufgeregt. »Na klar, die Kajüte ist ja komplett mit Stahl ummantelt. Und das hier sind Holzdielen. Also ist die Frage: Was liegt zwischen Stahl und Holz?«

Er wirft sich auf die Knie und packt eine der Dielen. Das morsche Holz gibt nach und biegt sich nach oben. Quakenbrück zieht mit ganzer Kraft und

KNACK!

zerbricht die Diele.

SCH!

Im Schein der Stirnlampe funkelt ein heller Gegenstand auf.

»Die Schatzkiste«, flüstert Quakenbrück. »Aus purem Gold.«

Er packt die nächste Holzplanke.

KNACK!

Reißt eine nach der anderen heraus.

KNACK!

Schließlich ist das Loch groß genug, dass Quakenbrück mit beiden Armen in den Hohlraum zwischen Dielen und Stahlmantel hineinfassen kann. Er packt die Kiste und versucht, sie hochzuziehen. Aber sie ist viel zu schwer.

»Pures Gold«, murmelt Quakenbrück. »Und bis an den Rand mit Edelsteinen gefüllt. Die krieg ich nie alleine raus und den Schacht hoch. Ich muss sie leer räumen.« Doch dazu muss er sie erst einmal öffnen.

»Der Schlüssel!« Quakenbrück zieht ihn aus der Tasche, steckt ihn ins Schloss und dreht ihn herum.

KLACK

öffnet sich das Schloss. Quakenbrück hebt den Deckel an und gleißendes Licht flutet ihm entgegen. Der Professor braucht einen Moment, bis sich seine Augen an die plötzliche Helligkeit gewöhnt haben. Dann reißt er staunend die Augen auf.

In der Truhe liegt der Schatz. Und er ist noch viel größer und schöner, als er ihn sich vorgestellt hat: Golddiademe, Diamantbroschen, Saphirketten, Smaragdarmreifen,

Ohrringe mit Perlen so groß wie Haselnüsse, Ringe mit funkelnden Rubinen und Manschettenknöpfe aus purem Gold – wie in einer Grabbelkiste liegen all diese und noch viel mehr Herrlichkeiten in wildem Durcheinander über- und untereinander. Quakenbrück fährt mit den Händen hinein und schaufelt mit einer einzigen Bewegung unermessliche Schätze heraus. Er ist am Ziel seiner Träume angelangt. Der größte Schatz, der je geborgen wurde, gehört ihm. Ihm allein ...

KLACK

Klack? Quakenbrück hält inne. Was bedeutet *Klack?*

Die Kiste verfügt über einen Sicherheitsmechanismus, der mit einem Klacken beginnt, wenn man die Kiste gewaltsam oder mit dem falschen Schlüssel öffnet, erinnert sich Quakenbrück an Hansens Tagebucheintrag. *Ab dann bleibt einem eine Minute, den Mechanismus mit dem richtigen Schlüssel wieder außer Kraft zu setzen. Tut man dies nicht, beginnt nach dem vierten Klacken der Countdown und die Kiste wird zerstört.*

Quakenbrück stutzt, zieht den Schlüssel aus dem Loch und betrachtet ihn eingehend. Die Kerbe an der Unterseite war doch vorher noch nicht da!

Hhhhhhhhh ...

... fährt ihm ein eisiger Windhauch in den Nacken. Quakenbrück schreckt hoch und rammt die Stirnlampe gegen eine der Planken. Das Licht erlischt. Der Schatz versinkt in Dunkelheit.

»Mist«, murmelt Quakenbrück und rappelt sich auf. Er tastet nach der Lampe am Helm.

Tock – tock – tock

klopft er dagegen. Doch die Lampe reagiert nicht.

SCH!

Quakenbrück hält inne. »Hallo?«, ruft er. »Ist da wer?«

Stille.

»Ich schnapp noch über«, murmelt der Professor.

Tock – tock – tock

versucht er, die Lampe erneut zum Leuchten zu bringen.

Sie flammt auf.

Und Quakenbrück blickt in das verrottete Gesicht eines Mannes.

UUUUUUAAAAAHHHH...

entfährt ihm ein schauriges Stöhnen. Nur noch wenig Fleisch klebt an den Knochen, die zerfetzte Kleidung bedeckt kaum das Skelett und Algen hängen aus Nase und Mund. Ein fetter Wurm windet sich in der linken Augenhöhle. In der rechten baumelt ein intakter Augapfel.

»Petersen«, haucht Quakenbrück kaum hörbar.

»Bist du das, Hansen?«, fragt die Erscheinung und ihre Stimme ist so kalt, dass dem Professor das Blut in den Adern gefriert. Sie beugt sich vor und starrt Quakenbrück direkt ins Gesicht.

»Es ist Hansen«, sagt Petersen, als zwei Gestalten hinter

ihm zum Vorschein kommen, ebenfalls in Fetzen gehüllt und stark verwest.

»Nein, bin ich nicht!«, ruft Quakenbrück aus. »Ich bin sein Urenkel, deshalb sehe ich ihm so ähnlich.«

»Schweig, Hansen«, röhrt Petersen. »Du hast uns das eingebrockt. Und dafür wirst du büßen.«

Immer mehr schaurige Gestalten drängen sich nun in den kleinen Raum und funkeln den Professor wütend an.

»Ihr müsst mir glauben«, fleht Quakenbrück. »Ich habe nichts mit der Sache zu tun ...«

Petersen packt den zitternden Mann an den Schultern und zieht ihn zu sich heran. Und dann kommt es Quakenbrück so vor, als zeige sich auf dem verrotteten Gesicht so etwas wie ein Grinsen. »Ich habe dir was mitgebracht, Hansen«, grollt Petersen. »Ein Geschenk.« Er senkt den Kopf und schiebt ihn in Quakenbrücks vor Schreck geweiteten Mund hinein.

KLACK

65

Die Tür öffnet sich und in Charlies Augen spiegelt sich grenzenlose Erleichterung. »Frau Kraft!«

»Auftrag erledigt«, sagt die alte Dame grinsend.

Anton ist erstaunt. »Wie kommen Sie denn hierher?«

»Später!«, sagt Benno. »Jetzt müssen wir erst mal hier raus.«

»Wir dürfen unseren Lockvogel nicht vergessen«, sagt Charlie und sieht zu Tommie, der vor ihnen auf dem Boden liegt.

»Lockvogel?«, fragt Anton.

»Ja, wir brauchten jemanden, der den Geist ablenkt, damit wir dich befreien konnten. Deshalb hat Charlie vorgeschlagen, Tommie mit ins Boot zu holen. Jetzt müssen wir ihn nur noch wieder rauskriegen«, erklärt Benno.

»Anton, wir tragen Tommie«, ordnet Charlie an. »Wir müssen so schnell wie möglich hoch ins Museum.«

Zwei Minuten später setzt Benno den Fuß auf die Wendeltreppe.

»Gleich haben wir es geschafft«, sagt er erleichtert ... als ein schauriges Heulen ertönt.

UUUUUUAAAAHHHH…

Und dann drängen sich auch schon die ersten Untoten aus dem Schacht heraus.

»Raus hier, schnell!«, brüllt Charlie. Da ertönt ein markerschütternder Schrei.

AAAAAAHHHHH…

»Frau Kraft!«

Die alte Dame wird von einem Geist Richtung Schacht geschleift. Charlie sprintet hinterher, überholt den Geist und versperrt ihm den Weg.

»Finger weg, du Unterweltszombie!«, ruft er.

UUUUUUAAAAHHHH…

heult der Geist. Aber Charlie lässt sich nicht beeindrucken und hebt die Fäuste.

»Lass die Lady los oder es wird dir leidtun.«

Der Geist verzieht die Reste seines Gesichts zu einem schaurigen Grinsen.

KLACK

»Das war das vierte Klacken«, ruft Anton. »In zehn Sekunden wird die Kiste gesprengt!«

»Woher weißt du das?«, fragt Benno.

»Von Quakenbrück. Der Besitzer der Kiste hat einen Mechanismus installiert, um die Kiste vor Raub zu schützen.«

10 … 9 … 8 …

»Jetzt komm schon, Charlie!«, ruft Benno.

»Soll ich diesem Typen unsere Auftraggeberin überlassen? Niemals!« Wie ein Stepptänzer tänzelt Charlie herum. Der Geist scheint nicht so recht zu wissen, was er davon halten soll.

»Komm her, kleiner Scheißer«, ruft Charlie. »Ich zeig dir, was 'ne Harke ist!«

... 7 ... 6 ... 5 ...

vvvvVVAAAAHHHH...

schwebt ein weiterer Geist aus dem Schacht.

»Quakenbrück!«, brüllt Benno entsetzt.

»Das ist nur seine sterbliche Hülle«, ruft Anton. »In ihr steckt der Geist von Petersen.« Und plötzlich erkennt er die ganze furchtbare Wahrheit: »Die wollen in unsere Körper fahren und unsere Seelen ins Jenseits schicken!«

»Diese Welt wird untergehn«, röhrt Petersen. »Und aus ihrer Asche eine neu entstehn.«

»Hört euch das an«, ruft Charlie und verpasst seinem Gegenüber einen rechten Haken. »Reimen kann er auch!«

»Eine Welt, die viel zu lang in Schatten lag, erblickt mit uns den neuen Tag«, fährt Petersen fort.

... 4 ... 3 ...

»Was oben war, das steigt hinab, was unten lag, gelangt nach oben.«

... 2 ... 1 ...

»Macht euch bereit für euer Grab. Hier wollen jetzt die Geister toben!«

... 0.

Stille.

KRK.

»KRK?«

WSSS...

Die Schatztruhe beginnt zu glühen und sendet ein gleißendes Licht aus, das durch den Schacht nach oben dringt.

»Wo bleibt die Explosion?«, fragt Benno.

»Das frage ich mich auch«, murmelt Anton und grübelt nach. »Quakenbrück hat nur von einem Mechanismus gesprochen. Ich hab halt gedacht, dass es ein Sprengmechanismus ist, weil das logisch wäre, finde ich. Aber vielleicht stimmt es gar nicht ...«

Er sieht zum Licht, das aus dem Schacht an die Decke der Alten Werft strahlt.

»Aber wenn in der Schatzkiste kein Sprengstoff war, was dann?« Ein brutzelndes Geräusch wird rasch lauter, als würde ein Spiegelei in einer Pfanne gebraten. Und plötzlich dämmert Anton, womit sie es zu tun haben.

»Das ist Säure!«, ruft er aus. »Es müssen in der Schatzkiste zwei oder mehrere Behälter mit chemischen Substanzen gewesen sein. Durch den falschen Schlüssel wurden sie zerstört und haben sich zu einer Säure vermischt. Und die bringt nun das Gold, Silber und Platin des Schatzes zum Schmelzen und brutzelt alles dort unten weg.«

»Was soll denn das für eine Säure sein?«, fragt Benno.

»Keine Ahnung«, erwidert Anton. »Aber der Besitzer des Schatzes war Alchemist. Und die haben sich mit allen möglichen Substanzen beschäftigt. Benno, wenn wir nicht eingreifen, schmilzt der ganze Schatz!«

Plötzlich verstummt das Brutzeln und ein dumpfer Aufprall dröhnt aus dem Schacht. Dann kommt das brutzelnde Geräusch zurück, aber hundertfach verstärkt!

»Die Säure hat den Boden der Kajüte zerfressen«, vermutet Anton. »Und frisst sich jetzt in die Erde hinein. Immer tiefer, bis hinab in die ... oh, verdammt. Bis hinab in die Unterwelt!«

KRACH

stürzt unterhalb der Kapitänskajüte etwas ein. Gleichzeitig setzt ein gewaltiger Sog aus dem neu entstandenen Loch ein und zerrt an den Geisterleibern.

»Du willst schon gehn? Haste noch was vor?«, fragt Charlie, als der Geist wie von einem Staubsauger zum Schacht gesogen wird. Hilfe suchend streckt er die Arme aus und stemmt sich dagegen. Doch seine modrigen Fußknochen finden auf dem glatten Boden keinen Halt. Mit leeren Augenhöhlen und weit aufgerissenem Mund verschwindet er im Schacht. Die übrigen Geister folgen ihm nach.

Als Letztes gibt sich Petersens Geist in Quakenbrücks Körper der ungeheuren Kraft geschlagen. Bis zuletzt klammert er sich mit eisernem Willen an der Winde fest. Dann wirft er der kleinen Gruppe Menschen einen letzten finsteren Blick zu – und lässt los. Das gleißende Licht im Schacht verschlingt ihn.

»Haltet euch fest!«, ruft Anton und klammert sich mit einer Hand an die Wendeltreppe, während er mit der anderen den schlaksigen Körper des noch immer bewusstlosen Tommie festhält.

»Oh-oh«, entfährt es Charlie, als der Sog immer stärker wird und auch er Richtung Schacht gezogen wird.

Ein Seil schießt aus dem Materiallager. Benno gelingt

es, ein Ende zu schnappen. »Charlie!«, ruft er. »Nimm das Seil!«

»Hilfe!«, ruft Frau Kraft und kann sich nicht mehr halten. Sie fällt hin und rutscht Richtung Schacht – als Charlie sie mit der einen Hand packt, während er mit der anderen nach dem Seil greift.

»Hab Sie!«, ruft er. Dann zieht das Seil stramm.

»Zieh!«, ruft er. Aber Benno hat schon Schwierigkeiten, das Gewicht von zwei Personen nur zu halten. Das Seil in beiden Händen, stützt er sich mit den Füßen am Geländer der Wendeltreppe ab.

»Ich schaff es nicht alleine«, ruft er Anton zu. »Du musst mir helfen!«

Aber Anton hält immer noch Tommie fest. Lässt er ihn los, wird auch der in den Abgrund gesogen.

»Wach auf!«, ruft er, so laut er kann. »Tommie, wir müssen den anderen helfen. Du musst aufwachen!«

Er klatscht Tommie ein paarmal kräftig auf die Wange. Dann beginnt er, ihn zu schütteln.

Endlich fängt Tommie an zu blinzeln.

»Du musst uns helfen!«, ruft Anton ihm zu. »Jetzt!«

Ungläubig starrt Tommie auf das Chaos um sich herum. »Was ist denn hier los?«

»Keine Zeit für Erklärungen«, ruft Anton. »Wir müssen Charlie und Frau Kraft zu uns ziehen. Schnell!«

Anton und Tommie setzen sich neben Benno, packen das Seil und ziehen mit vereinten Kräften.

»Danke«, sagt die alte Dame, als sie erschöpft die Wendeltreppe erreicht.

»Nichts wie raus!«, ruft Charlie.

Hastig erklimmen sie die Stufen ... als um den Schacht herum der Boden beginnt einzustürzen. Wie gefräßige Schlangen ziehen sich Risse durch den Beton bis zur Wendeltreppe, die in ihren Verankerungen bedrohlich zu ächzen beginnt.

»Schneller!«, ruft Charlie und treibt die anderen an. Sie erreichen den oberen Absatz und stürzen durch die Tür ins Museum.

»Raus hier!«, ruft Anton. »Schnell. Das Museum stürzt ein!«

In diesem Moment wird die Tür weggerissen und verschwindet im Abgrund. Die Ghostfighter geben alles und hasten, so schnell sie können, aus dem Museum.

Zwei Minuten später versinkt die Alte Werft im Abgrund, während am Horizont die aufgehende Sonne den neuen Tag begrüßt. Erst als das letzte Stück Beton im Boden verschwunden ist, kehrt die Stille zurück. Der Schacht hat sich wieder geschlossen.

Mit den Kräften am Ende lassen sich Anton, Benno, Charlie, Tommie und Frau Kraft auf einem Pier zu Boden sinken.

»Das war knapp«, sagt Anton.

»Zu knapp für Quakenbrück«, fügt Benno hinzu. »Wo er jetzt wohl steckt? Seine Seele, meine ich.«

»Na, im Jenseits natürlich«, sagt Charlie. »Und da gehört er auch hin, nach allem, was er getan hat.«

Benno runzelt die Stirn. »Du meinst wirklich, die Säure hat sich bis ins Jenseits durchgebrannt und die hundert rastlosen Seelen sind hinübergesaugt worden?«

»Charlie hat vermutlich recht«, sagt Anton. »Die Untoten waren nur deshalb in diesem Zwischenzustand, weil die Gorrum mit Beton übergossen wurde, bevor die Seelen das Schiff Richtung Jenseits verlassen konnten. Die Säure hat ihnen einen Zugang geöffnet und dadurch wurden sie quasi erlöst.«

»Aber der Schatz ist verloren«, seufzt Charlie.

»Dafür ist die Welt gerettet«, fügt Frau Kraft hinzu.

»Ein schönes Schlusswort«, sagt Charlie und steht auf. »Dann ist das hier für heute ja erledigt, oder?«

»Willst du jetzt etwa nach Hause?«, fragt Anton.

»Wer spricht von zu Hause«, sagt Charlie. »Ich will in die Werkstatt. Nach SpukNix-Castle.« Mit Blick auf den GO-CAT, den Benno auf den Rücken geschnallt hat, fügt er hinzu: »Wir haben da ja auch noch jemanden abzuliefern. Immerhin sind wir Ghostfighter!«

66

Ffffffft! fluppt der Wandergeist ins Aura Inn. Er sieht sich hektisch um und sucht nach einer Fluchtmöglichkeit. Als er keine findet, versucht er, die Frontscheibe aus Panzerglas zu durchbrechen. Ohne Erfolg. Mit grimmiger Miene zieht er sich schließlich in eine Ecke zurück und verwandelt sich in einen Stein.

»Er wird zurechtkommen«, sagt Benno.

»Meinst du?«, fragt Omar und betrachtet seinen Artgenossen mitleidig.

»War doch gar nicht so schlecht für unseren ersten Fall«, sagt Charlie und wirbelt auf seinem Drehstuhl herum.

»Nur ein paar Fragen sind noch offen«, stellt Anton fest. »Wie habt ihr die Museumstür geknackt? Und woher kam plötzlich Frau Kraft? Habt ihr sie auch mitgebracht wie Tommie?«

»Wir haben dich über die Kameraüberwachung des Museums gefunden«, erklärt Benno. »Aber um dich rauszuholen, brauchten wir Unterstützung.«

»Frau Kraft hat uns geholfen, die Sache mit dem Schlüssel durchzuziehen«, sagt Charlie. »Sie hat Quakenbrücks Gorrum-Schlüssel gegen einen anderen ausgetauscht, der zwar ähnlich aussieht, aber nicht hundertprozentig identisch ist. Unsere Hoffnung war, dass Quakenbrück aufgeben würde, wenn er Gorrum mit dem falschen Schlüssel nicht aufbekommen würde. Na ja, ist ein bisschen anders gekommen, aber ja noch mal gut gegangen.«

»Und wo habt ihr den Schlüssel her?«, wundert sich Anton.

»Den hab ich mir gewünscht«, sagt Benno. »Bei Omar. Er ist ja ein orientalischer Flaschengeist und kann Wünsche erfüllen. Charlie hat ein bisschen was aus dem Schlüssel rausgefeilt – fertig! Fast original, aber eben nicht ganz.«

»Dann seid ihr wahrscheinlich auf die gleiche Weise auch ins Museum gekommen«, vermutet Anton. »Schlüssel für den Haupteingang gewünscht – und fertig.«

Charlie grinst.

»Und Tommie?«

Charlie zögert. »Also, das war eigentlich Bennos Idee.«

»Eher Omars«, verteidigt sich Benno.

Der Flaschengeist ist empört. »Ich habe nur vorgeschlagen, ein Opfer zu bringen. Ihr habt Tommie dafür ausgewählt.«

»Tommie als Opfer?«, fragt Anton erstaunt.

»Eher Lockvogel«, erklärt Benno. »Wir wussten ja nicht genau, was und wer uns im Museum erwartet. Deshalb haben wir Tommie mitgenommen, als ...«

»... Verstärkung«, fügt Charlie hinzu. »Um mögliche Feinde abzulenken.«

DING DONG

klingelt es an der Tür. Charlie sprintet los.

»Parole?«, ruft er.

»Äh, was?«, fragt die Stimme auf der anderen Seite.

Charlie öffnet die Tür. Der Postbote sieht ihn verwirrt an.

»Äh, ich hab hier so 'nen komischen Brief«, sagt er. »Die Adresse stimmt. Nur der Name sagt mir nichts: Ghostfighter & Co., SpukNix-Castle. Habt ihr davon schon mal gehört?«

»Das sind wir«, sagt Charlie und zupft dem Postboten den Umschlag aus der Hand.

»Solltet euch mal 'n Namensschild basteln«, regt der Postbote an.

»Wird promptens erledigt«, gibt Charlie zurück. »Wiedersehn.«

Er schließt die Tür und reißt den Umschlag auf. Ein Zeitungsausschnitt kommt zum Vorschein. Charlie überfliegt den Artikel.

»Alter Falter!«, ruft er aus.

»Was denn?«, fragen Anton und Benno wie aus einem Mund. Charlie zeigt ihnen den doppelseitigen Artikel. In Farbe.

Ghostfighter machen Gespenstern den Garaus
Von Franziska Engelhard

Charlie liest den Artikel vor:

Jeder aufgeklärte Mensch weiß, dass es keine Geister gibt. Aber nicht jeder Mensch ist aufgeklärt. Und deshalb glauben auch heute noch viele an Geister, Dämonen und Gespenster. Einen eigenen Weg, mit diesem Problem umzugehen, haben Schüler unserer Schule gefunden und damit eine Marktlücke entdeckt. Anton Schachelheim, Benno Sost und Charlie Kellermann gründeten kurzerhand Ghostfighter & Co. Was absurd klingt, hat Methode: Indem die Ghostfighter die Menschen und ihre Probleme ernst nehmen und sich scheinbar auf echte Geisterjagd begeben, helfen sie ihnen dabei, ihre Ängste zu überwinden.

Charlie lässt die Zeitung sinken. »Das versteh ich nicht: Glaubt sie jetzt an Geister oder nicht?«

»Eher nicht«, sagt Benno. »Aber wen kümmert's? Solange wir als Ghostfighter bei der Sache gut wegkommen?«

»Du meinst, der Artikel ist gut für uns?«, fragt Charlie.

»Das ist die beste Werbung, die man kriegen kann«, sagt Anton.

Ja, haste nicht gesehn,
da gibt's nix zu verstehn,
ich wollte mit dir gehn,
doch du lässt mich einfach stehn ...

Charlie greift sich das Smartphone vom Tisch und nimmt das Gespräch entgegen.

»Ghostfighter & Co., Charlie Kellermann am Apparat.«

»Sascha Schnösel. Ich bin Fluglotse auf dem Flughafen Fuhlsbüttel. Und hier gehen merkwürdige Dinge vor sich.«

»Was denn für Dinge?«

»Ein Flugzeug ist gerade gelandet. Oder das, was einmal ein Flugzeug war. Denn ehrlich gesagt sieht es aus, als hätte es eine halbe Ewigkeit auf dem Grund des Meeres gelegen: Der Lack ist abgeblättert und überall an Rumpf und Tragflächen sind dicke Beulen. Ein Wunder, dass die Maschine überhaupt noch fliegen konnte.«

»Vielleicht ist sie in ein Unwetter geraten«, überlegt Charlie.

»Vielleicht. Aber da ist noch etwas anderes, das mir Sorgen macht.« Schnösel schluckt hörbar. »Der Pilot der Maschine behauptet, er sei in Roswell in Amerika gestartet. Und jeder weiß, dass da mal Außerirdische gelandet sein sollen. Wird jedenfalls behauptet. Na ja, ich hab beim Flughafen in Roswell angerufen und nachgefragt, ob dort eine Maschine mit der Flugnummer 1-3-7 gestartet ist. Erst konnte der Lotse nichts finden. Aber dann entdeckte er die Maschine doch noch in den Aufzeichnungen.«

Schnösel verstummt.

»Und?«, fragt Charlie. »Was ist mit Flug 1-3-7?«

»Er ist in Roswell gestartet«, sagt Schnösel und seine Stimme wird fast zu einem Flüstern. »Vor mehr als sechzig Jahren!«

»Unternehmen Sie nichts!«, sagt Charlie. »Wir sind gleich da!« Er beendet das Gespräch und sieht zu Anton und Benno. »Leute«, sagt er grinsend. »Sachen packen. Wir haben einen neuen Auftrag!«

Jakob M. Leonhardt

Henry Vegas

Auf Klassenfahrt durch die Galaxie

Auf Terra VII ist alles total normal und stinklangweilig: Die Eltern nerven, die Schulgang macht einem das Leben schwer und morgen geht es auf Klassenfahrt quer durch die Galaxie ... Moment, doch nicht alles so normal! Erst recht nicht, als Henry und Babbel im Frachtraum von PEGASUS-Spaceline eine merkwürdige Entdeckung machen und sich kurz darauf zusammen mit einer Milliarde Raketenwürmern auf einem Wüstenplaneten wiederfinden. Aaaaarrgghh!! Nichts wie weg hier!

Als Hörbuch bei Audiolino

Arena

144 Seiten • Gebunden
Mit Illustrationen von maleek
ISBN 978-3-401-60035-2
www.jakob-leonhardt.de
www.arena-verlag.de

Anna Ruhe

Seeland

Per Anhalter zum Strudelschlund

Max hat einen Plan: Endlich raus aus dem öden Kaff Bittie Cross, und seinen Vater suchen, der seit Jahren verschwunden ist. Dass sich die seltsame Emma an seine Fersen heftet und ihn zwingt, in einen Brunnen zu klettern, passt Max gar nicht. Doch plötzlich reißt ein Strudel die beiden mit sich – und sie landen in einer unglaublichen Welt: Seeland! Hier gibt es Städte auf Stegen und Häuser wie Eisberge, kauzige Pilzsammler, Unterwasserpiraten, freundliche Riesenquallen und echte Meerjungfrauen. Und ausgerechnet in Seeland entdeckt Max eine Spur seines Vaters. Wie kann das sein? Zusammen mit Emma taucht Max ab in das größte Abenteuer seines Lebens.

Arena

Auch als E-Book erhältlich

288 Seiten • Gebunden
Mit Illustrationen von
Max Meinzold
ISBN 978-3-401-60043-7
www.arena-verlag.de

Cressida Cowell

Drachenzähmen leicht gemacht

Auweia! An Thors Tag müssen alle Wikingerjungen die Reifeprüfung zum »Drachenmeister« ablegen, doch Hicks sieht schwarz für sich und seinen widerspenstigen Hausdrachen. Wird er nun aus dem Stamm der Räuberischen Raufbolde verbannt?
Doch dann platzt mitten in die Feierlichkeiten ein monströser Seedrache, der imstande wäre, die gesamte Insel der Wikinger zu vernichten. Auf einmal verlassen sich alle auf Hicks, der als Einziger die Drachensprache spricht und mit der Bestie verhandeln soll ...

Jakob M. Leonhardt

Knapp vorbei ist auch daneben
Ein genialer Chaot packt aus
978-3-401-06641-7

In der Faulheit liegt die Kraft
Geniale Chaoten
fallen nicht vom Himmel
978-3-401-06861-9

Chaos ist das halbe Leben
Ein verkanntes Genie auf
der Überholspur
978-3-401-06890-9

Erst der Spaß, dann das Vergnügen
Geniale Chaoten bringt nichts
auf die Palme
978-3-401-60007-9

Arena

Als Hörbücher bei Audiolino

Jeder Band:
Klappenbroschur
www.jakob-leonhardt.de
www.arena-verlag.de